幼なじみの騎士様の愛妻になりました

Airi Mamiya
真宮藍璃

Honey Novel

Illustration

すがはらりゅう

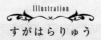

CONTENTS

序章　蜜月の褥で愛されて

『……リディア。俺、王都へ行くよ。騎士爵様のところで武芸の腕を磨いて、俺も王国辺境騎士団の騎士になる！』

『アルフレードが、騎士に……？』

『誰よりも強くなってやるんだ。王国もリディアのことも、俺が守れるように！』

明るい月の光が差す美しい夜。

皆が寝静まった頃、リディアの屋敷の裏庭にこっそりやってきた幼なじみのアルフレードは、そう言って輝く目でリディアを見つめた。

リディアより二つ年下の、まだ十三歳の少年。

少しくせのある黒髪は艶やかで、瞳は吸い込まれそうな漆黒色をしている。

人懐っこい話し方と表情をしていて、ずっと可愛《かわい》い弟のように思っていたけれど、今夜はなぜだかひどく大人びて見える。

まるでリディアとの未来を見通すような、美しく澄んだ黒い瞳に、知らず魅入られてしまいそうで――。

「……っ！」

窓の外から聞こえてくる低い鐘の音に、リディアはハッと目を覚ました。

どうやら、子供の頃の夢を見ていたようだ。

すっかり目覚めた目に映るのは、少女時代を過ごした田舎《いなか》の屋敷の裏庭ではなかった。

花嫁修業のために七年ほど暮らしていた、人里離れた山深い場所にある修道院の小さな部屋でもない。

ここはオルランディ王国の王都、モルガーナの山の手にある大邸宅の寝室だ。五日ほど前に連れてこられ、その日からここがリディアの住まいになった。

大きなベッドは清潔で、許されるならいくらでも横になっていたいくらい寝心地がいいけれど、窓の外から聞こえてくる大聖堂の鐘の音は、すでに朝というには遅すぎる時刻を告げている。

（いけないわ、こんなことじゃ！）

ここに来てからずっとこんな怠惰な朝を迎えている。このまま自堕落な生活を続けているのは、さすがにまずいのでは。

「アルフレード……。ねえアルフレード。そろそろ起きないと！」

「んー……」

「もうお日様が高く昇っているわ。今日はモンターレ公爵様のところへ行くのでしょう？」

裸身を隠そうとブランケットを引き寄せながら、傍らに横たわるアルフレードの肩を優しく揺する。

でも彼は目を覚まさず、すやすやと寝息を立てている。

今は夫となった二歳年下の幼なじみ、アルフレード。

子供の頃に田舎町の小さな教会に引き取られてきて、司祭の助手として育てられていた彼も、今では王国辺境騎士団随一の剣士と呼ばれる立派な騎士だ。

でも、自分が彼の妻なのだということが、リディアはまだなんとなく信じられない。

こうして床を共にするようになっても、これが現実なのだとは、とても思えなくて――。


「きゃっ？」

とにかく自分だけでも起き出して、淑女らしく身繕いをしよう。そう思い、そろりとベッドを下りかけたところで、アルフレードのたくましい腕がリディアの細い腰に回され、またベッドに戻された。

横向きに寝そべったまま、リディアの体を背後から包むように抱きすくめて、アルフレードが甘くささやく。

「まだ起きないで、リディア」

「そうは、言っても……、わたしたち、もう五日も朝寝坊をしているし……」

「いいじゃないか、新婚なんだもの。誰も咎《とが》めたりなんかしないよ」

「……でも……、あっ、ちょ、アルフ、レードっ……！」

温かく大きな手で素肌を撫《な》でられ、耳にチュッと口づけられて、頬が熱くなった。

昨晩も遅くまでむつみ合ったせいか、なんだかまだ体が火照っている。それを察したみたいに、アルフレードが言う。

「リディアの体、すごく熱い。俺に愛されて、甘く熟れた果実みたいになってるね」

「そ、なっ」

「ほら、ここもキュッと硬くなってるよ？　こうすると、気持ちいい？」

「あ、ぁっ……」

胸のふくらみを手で包むように持ち上げられ、乳首を指先でくにゅくにゅといじられて、思わず声が洩《も》れる。

彼と結婚するまで知らなかったけれど、そこはとても敏感な場所で、触れられると花の蕾《つぼみ》みたいにキュウッと硬くなった。指先だけでなく、口唇や舌で味わうみたいにいじられると、しびれるような震えるような、えもいわれぬ感覚が走るのだ。

アルフレードがふふ、と笑って言う。

「リディア、ここがすごく感じるんだね。こうやって指でもてあそんでいるだけで、肌が汗でしっとりしてきた」

「アルフ、レードっ」

「可愛いよ、リディア。きみの甘い場所も、もう潤んでいるのかな？」

「ぁっ……！」

乳首をいじっていた指がつっとお腹を撫でて、その下の柔らかな茂みの中へと滑り込んでいく。

夫であるアルフレードだけにしか触れさせたことのない、リディアのもっとも秘められた場所。アルフレードの予想どおり、そこはもう温かい蜜を滴らせている。花弁を優しく開かれ、蜜壺《みつつぼ》の口を指の腹で撫でられると、くちゅ、と濡《ぬ》れた音が立った。

そうなってしまうことがなぜだかひどく恥ずかしく思えて、頭がかあっと熱くなる。

「嬉しいよ、リディア。俺に触れられて、きみのココがこういうふうになるのが。一日中ベッドから出ないで、何度でも愛を交わしたくなる」

「あ、ぁあ……、ん、んっ」

蜜壺を指で甘くかき混ぜるみたいにされて、ビクビクと腰が揺れる。

そこは胸よりもさらに敏感で、撫でられるたび背筋に快い感覚が走る。軽く指を動かされるだけで頭の中がぼやけて、まともに言葉も出なくなってしまう。

アルフレードがふふ、と笑って、甘い声で言う。

「もうとろとろに蕩《とろ》けているね。ここは、どうかな？」

「は、あっ！　ふ、う、ああっ」

濡れた蜜口をまさぐりながら、親指で薄襞《うすひだ》に包まれた花芽をむき出しにされ、蜜を絡めて優しく転がされたから、上体がビクンと大きく跳ねた。

パール粒みたいなそれをいじられると、まるで体に火がついたみたいになる。

蜜も止めどなく溢《あふ》れてきて、やがてアルフレードの指は、付け根までぐっしょりと濡れてしまった。

するとアルフレードが、その指をリディアの中筒に沈めてきた。

「ふ、ぁっ、ぁあ、あ」

くちゅ、くちゅ、音を立てて、アルフレードが指をゆっくりと出し入れする。

最初のときはそうされるとなんとなく違和感があったが、今はもうそれはない。指の腹で内壁を擦《こす》られると、胸よりもさらに強い快感が走り、息がはあはあと乱れた。

指をもう一本増やされても、柔らかく蕩けた内襞は甘く受け止め、さらに大きなものを期待するみたいにはしたなく吸いついていく。

アルフレードがああ、と小さく吐息を洩らして言う。

「きみのココが、俺の指にしがみついてくる。まるで可愛くおねだりしてるみたいだ」

「ア、ルっ……」

「俺も欲しいよリディア。きみが欲しくて、ほら、またこんなになってる」

「っ……」

お尻に硬いものを押しつけられて、彼の男性の証《あかし》が熱く雄々しく息づいていることを教えられる。

まるで熱した楔《くさび》みたいな彼のそれは、愛の行為のたびリディアの心と体をかき乱し、甘く激しく揺さぶってくる。そうしてリディアを、娘時代には知らなかった淫猥《いんわい》な悦《よろこ》びの高みへと導く。

昨晩も何度か到達した、自分が自分でなくなってしまうみたいなあの感覚を思い出して、かすかな戦慄《せんりつ》を覚えていると、アルフレードがリディアの中から指を引き抜き、細い腰を引き寄せて仰向《あおむ》かせ、熱っぽい声で言った。

「ああリディア。俺は子供の頃から、ずっときみだけが好きだった。きみと結婚できて、俺は本当に幸せだよ」

「アルフ、レ、ドっ……」

リディアを見つめるその顔は、もう雄の顔だ。身を起こし、リディアの足を開かせてその間に入り込んで、アルフレードが告げる。

「きみの中に入らせて、愛《いと》しいリディア。きみの一番、大切なところに」

「あ、あっ、ああ……！」

熟れた秘所にぬぷりと雄を繋《つな》がれて、悲鳴みたいな声が出た。

結婚した夜からもう何度もそうされているし、たっぷりと潤んでいるから痛みなどもないけれど、そのボリュームのすさまじさにはまだ慣れなくて、ヒヤリと冷や汗が出る。

そろりそろりと確かめるみたいに内奥へと入ってこられると、大丈夫だとわかっていても、体を裂かれてしまいそうな気がして少し怖い。

知らずシーツをキュッつかむと、アルフレードが気遣うみたいに訊《き》いてきた。

「リディア、大丈夫？」

「う、ん」

「どこも、苦しくない？　痛かったりは？」

「大丈、夫」

答える間にも、アルフレードの熱い砲身がリディアの中に沈み込む。

やがて狭間《はざま》に下腹部が押し当てられたので、完全に結び合ったのだとわかった。呼吸を整えるようにふう、と息を吐いて、アルフレードが告げる。

「愛してるよ、リディア。愛しい我が妻」

「アルフレード……！」

「もしかしたら今はまだ、気持ちが混乱してるかもしれないね？　でも俺の愛は本物だから、たっぷりと受け止めてほしい。俺の、きみへの確かな愛情を……！」

「ア、ルっ……！　あっ、ぁあ、はぁああ……！」

アルフレードがしなやかに腰を揺すって、リディアの中を行き来し始めると、もう何も考えられなかった。律動するアルフレードの熱さに翻弄《ほんろう》され、お腹の底から湧いてくる甘い悦びに、意識すらもかき乱される。

（わたし、どうなって、しまうのかしらっ……？）

突然の再会と、まるで駆け落ち同然の結婚。

そして始まった、甘く淫らな新婚生活。

あまりにも事態が急展開すぎて、まだ心が追いついていない。

アルフレードが与える悦びの奔流に、リディアはただ、押し流されていくばかりだった。

第一章　初めての夜は甘く、そして淫らに

教会の鐘の音とともに、どこからか軽快な音楽が聞こえてくる。

リディアは読みかけの書物を置き、窓へと歩み寄った。

(街道のほうかしら?)

オルランディ王国の地方領、ブルーナ。

父であるガストーニ子爵が領主を務める田舎だが、王領を通って隣国との国境にある城塞へと至る街道が近くを通っており、街道沿いの宿場のあたりで祭りなどが開かれると、時折楽器の音が聞こえてくるのだ。

好奇心に逆らえず、思わず出窓の上によじ登り、開いた窓から少し顔を出してその音を聞いていると。

「……リディアお嬢様、お茶をお持ちしましたよ」

乳母《うば》のマファルダが盆を持ってやってきて、リディアに声をかける。しまったと思った瞬間、マファルダが目をむいて言った。

「まあ、お嬢様！　そのように窓から顔をお出しになるなんて……！」

「ええ、はしたないわね、マファルダ。貴婦人の振る舞いではないわ」

苦笑しながら顔を引っ込め、出窓から下りると、マファルダが首を横に振り、ため息をついた。

「まったく、お嬢様は……。長年修道院にいらしたというのに、相変わらずでいらっしゃいますね。もうすぐご婚礼なのですから、身を慎《つつし》まれませんと！」

「わかっているわ。先ほどお父様からも同じようなことを言われたもの。でも、修道院ではこうして窓拭きをしたものよ？」

「お嫁にいらしたらそんなことなさる必要はありませんよ。何せリディアお嬢様は、伯爵夫人になられるのですから！」

「それはそうかもしれないけど……。なんていうか、窮屈ね」

思わず本音を洩らすと、マファルダがまじまじとリディアの顔を見てきた。

それから困ったように微笑《ほほえ》み、リディアのためにポットから紅茶を注ぎながら、なだめるように言う。

「そんなふうにおっしゃるものじゃありませんわ、お嬢様。よきご縁を得てのお輿入《こしい》れは、旦那様はもちろん、亡き奥様にとっても悲願だったのですから」

「それは……」

「私も亡き奥様から、お嬢様のことを頼むとよくよく仰せつかっておりますしね。ですからご結婚されるまでは、お耳の痛いことも申し上げませんと」

「もちろん、それはありがたいと思っているわ、マファルダ」

まだ十にもならない頃に母を亡くしたリディアは、代わりに乳母のマファルダを姉のように慕ってきた。結婚相手が決まるまで悪い虫を寄せつけないようにと、領主の父に命じられて修道院に入っている間も、かかさず手紙のやり取りをしてきたくらいだ。

十五歳から二十二歳になるまでの七年間を山奥の修道院で過ごし、このまま静かな祈りの日々を送るのも悪くないと思っていた矢先、近郊のとある伯爵家のやもめの当主の元に嫁ぐことが決まって、リディアは久しぶりに家に戻ってきたのだ。

(でも結婚なんて、まだ実感が湧かないわ)

地方領主といえども貴族の娘だから、幼い頃からいずれは父が決めた相手と結婚するのだろうと思っていたし、そのことに不満はない。

婚家は裕福で、作物の不作が続いて財政難に陥ったガストーニの領地を援助してくれるという話だから、悪い縁談ではないのは確かだ。

ただ、伯爵がふた回り以上も年上で、一度引き合わされたときにリディアを見る目つきが変にギラギラしていたのが、気になるといえば気になるけれど……。

「……あら、また聞こえてきたわ」

窓の外からまた音楽が聞こえてきたので、そちらに目を向けて言うと、マファルダがうなずいて言った。

「今日は王国辺境騎士団が、街道の向こうのあたりに宿を取っているのだそうですよ」

「そうなの？」

「先日の国境での小競り合いを鎮めて、王都に帰還する途中のようです。きっと歓迎の宴でも開かれているのでしょう。こうして平穏に過ごせるのは、勇敢な騎士団や騎士爵様方のおかげですものね」

王国辺境騎士団は、王国が誇る精鋭の騎士たちで構成された、最強の騎兵軍団だ。

元々オルランディ王国は、二百五十年前に一人の勇者と六人の騎士たちによって建国された小国だったのだが、ほどなく国王を輩出する王室を六つの公爵家が補佐する、一大王国となった。そうして安定した政治体制が築かれると、その後は二百年の長きにわたって、貴族文化が花開く平和な時代が続いた。

だが近隣国家間の対立が激化した五十年前から、国境付近で軍事衝突が起こるようになった。そこで国家防衛のために、すでにあった王国近衛騎士団に加えて王国辺境騎士団が組織され、紛争鎮圧の任に当たることになったのだ。

武勲を立てた騎士階級には、王室から「騎士爵」の称号が与えられ、騎士団長ともなれば領地までもらえる。平民から貴族のような待遇を受けられる身分にまで出世することができるので、今では若くて腕に覚えのある者は、皆こぞって騎士団への入団を目指すようになった。

「そういえば、アルフレードも辺境騎士団に所属しているのよね？」

「アルフレード……、ああ、昔フォリーノ司祭様のところにいた……？」

「そう。もしかしたら、今回派遣された部隊の中に彼もいるのかしら？」

「さあ、どうでしょう。わたくしにはわかりかねますが……」

マファルダが首をかしげて言う。

「でもお嬢様？　もしもそうだったとしても、まさかお会いになったりは……」

「しないわよ、もちろん！　でもなんだか懐かしくて。アルフレード、大きくなったのかしら？」

少女の頃からリディアはおてんばだったので、よく領民の子たちと一緒になって遊んでいたものだ。

身寄りのないアルフレードがフォリーノ司祭のところにやってきたのは、確か八歳くらいの頃だったろうか。最初は打ち解けなかった彼も、リディアが繰り返し遊びに誘ううち、徐々に皆と仲良くなって、この町にもなじんでいった。

ところが、彼が十三歳のとき、王都のとある騎士爵の婚外子であることがわかった。それで騎士爵家に引き取られて、王都で暮らすことになったのだ。

その出立を見送ったあと、リディアも修道院に入ってしまったので、直接知らされたわけではないのだが、先日教会に立ち寄ったときにフォリーノ司祭に聞いた話では、アルフレードはその後、念願叶《かな》って王国辺境騎士団に入団したらしい。

弟のように思っていたアルフレードが、どんな騎士になっているのか。

話したりはできなくても、少しだけ見てみたい気はする。

(でも、きっと難しいわね)

まるで籠《かご》の鳥みたいな今の自分。

生まれ育った町に戻ってきはしたが、何事もしたいようにはできない身の上だ。結婚したらしたで夫に尽くすのが妻の務めなのだから、きっとこの先もずっとこうなのだろう。

アルフレードがいた子供の頃は、何も憂うことなどなく、お日様の下で自由に走り回っていたのに――――。

「……リディアお嬢様?」

「え」

「ぼんやりなさって、どうかなさいましたか?」

「……い、いいえ、なんでも! お茶、美味《おい》しいわ!」

結婚も決まったのだから、今さら身の上を嘆いていても仕方がない。リディアは心の中でため息をつきつつ、黙って紅茶を口にした。

その夜のこと。

リディアは早々に床に入り、眠ろうと目を閉じた。

街道から聞こえる宴の音は、まだ続いている。地元の領主として、一応騎士団長に挨拶に行くと出かけていった父も、まだ帰ってきてはいないようだ。

もしもアルフレードがいたなら様子を伝えてほしいとお願いしたのだが、どうだったのだろう。

「……？」

コツ、と小さな音が聞こえたので、リディアは瞼《まぶた》を開いた。

なんの音だろうと目を動かすが、よくわからない。するとまたコツ、と音がして窓に目を向けた。窓ガラスに何か当たった音のようだったが。

「っ！」

また音がしたから、思わず起き上がって布団から出た。

ここは二階なのに、いったい何事だろう。窓辺へ行き、薄いレースのカーテン越しに眼下を見下ろすと。

（……あれはっ……？）

月明かりの差す裏庭に、誰かが立っている。

七年前、アルフレードが旅立っていった日の前夜の光景を思い出して、胸が高鳴る。

そっとカーテンを払いのけ、窓を開けて顔を出すと、そこには羽根飾りのついた帽子をかぶり、長いマントに身を包んだ黒髪の男性が立っていた。

リディアの知っている姿よりもずっと長身で立派な体軀《たいく》をしているが、男性は見間違いようもなくアルフレードその人だ。

すっと帽子を取って、アルフレードが声を潜めて言う。

「やあリディア。気づいてくれて嬉《うれ》しいよ」

「……アルフレード……、本当に、あなたなのっ……？」

「ああ、そうだよ。久しぶりだね！」

アルフレードが言って、また帽子をかぶり、窓の下までやってくる。

「リディア、昔みたいに下りてこられるかな？」

「え……、と、それは、ちょっと」

「じゃあ、俺がそっちに行くね？」

「えっ、こっちにって……、あ、あの、でもっ！」

子供時代ならいざ知らず、結婚を控えた身で男性を部屋に入れるのは、いろいろと問題があるのではないか。

そう考えてかすかなためらいを覚えたが、アルフレードは屋敷の外壁にひょいと足をかけ、そのまま軽業師みたいに二階まで上り、音も立てずにリディアの部屋に滑り込んできた。

子供の頃にも、時折そういうことはあったけれど。

(アルフレード、こんなに大きくなったのっ……？)

目の前に立つアルフレードの大きな体軀に、思わず息をのんだ。

昔はリディアとそれほど背丈が変わらなかったのに、今は頭一つ分以上の身長差がある。

肩幅も広くなり、騎士らしい厚い胸板をしているのが衣服越しにもわかる。

思わず目を丸くしていると、アルフレードがまた帽子を取ってリディアの前にすっと膝をつき、こちらを見上げて言った。

「こんばんは、リディア。きみとまた会えて嬉しいよ！」

「アルフレード……」

「俺、王国辺境騎士団の騎士になったんだ。国境の紛争鎮圧任務の帰りに、ちょうど近くまで来たんだよ。街道の向こうに宿を取ってる」

アルフレードが言って、照れたように続ける。

「本当は休暇を取って、もっとちゃんと里帰りしたかったんだけど、ここまで来たらどうしてもきみに会いたくなっちゃって！」

「そうだったのね……」

ほんの少し頰を上気させながら、黒い瞳で真っ直《ま》ぐ《す》にこちらを見上げてそう言うアルフレードに、懐かしい気持ちが湧いてくる。

昔からアルフレードは、こんなふうに上目遣いでリディアを見つめ、飾らぬ口調で話しかけてきた。大きな体と大人の顔つきをしているが、人懐っこく、どこか愛らしい表情で話す様子は、リディアを姉のように慕ってくれていたあの頃と何も変わっていない。

リディアはすっかり気を許して言った。

「昼間、ちょうどあなたの話をしていたのよ？　どうしているのかしらって、マファルダとね」

「本当？　俺のこと思い出してくれてたなんて、嬉しいな！」

「騎士団の騎士になったことは、フォリーノ司祭から聞いていたから。アルフレード、夢を叶えるなんて、すごいわ！」

「そう思う？」

「もちろんよ。だってわたし、アルフレードが誰にも知られないように剣や槍《やり》のお稽古をしてたの、知ってたから」

そう言うと、アルフレードが目を丸くした。

「え、知っていたのっ？」

「ええ。ダンテさんに山で教えてもらっていたのでしょう？」

ダンテというのは、近くの山林に住む炭焼き職人だ。

フォリーノ司祭の元に熱心に通う敬虔《けいけん》な信徒で、時折教会の力仕事を手伝ったりしている物静かな男性だが、若い頃には王都で騎士を目指して修業していた時期があったらしい。

それを知ったアルフレードが、ときどき山林の彼の家に行っては腕などに痣《あざ》を作って帰ってくるので、リディアは心配になって、フォリーノ司祭に相談してみたことがあったのだ。

「そうだったのか！　だからリディアは、俺が騎士になるって言ったとき、あまり驚かなかったんだね？　まあ、騎士爵の家に引き取られるからってのもあっただろうけど」

アルフレードが言って、ニコリと微笑む。

「けど、どうして俺がここまで頑張れたか、さすがにそこまでは知らないよね？」

「さあ……、そうね。このあたりの男の子はみんな騎士様に憧れているから、アルフレードもそうなのかなって思っていたけど」

「それももちろんある。でも、それだけじゃないんだ」

そう言ってアルフレードが、不意に真剣な表情を見せる。

「俺には二つの夢がある。そのうちの一つは、きみだ、リディア」

「わたし？」

「ああ、そうだよ。王都で騎士になって出世したら、絶対にきみに求婚しようと俺は決めていたんだ」

「求、婚て……」

予想外の言葉に驚いていると、アルフレードがリディアの手を取り、甲にチュッと口づけて言った。

「きみが好きだ、リディア。どうか俺と結婚してほしい。俺の妻になってくれ」

「……！」

想像すらもしていなかった言葉を告げられて、一瞬意味がすんなり理解できなかった。

二つ年下の幼なじみで、弟のように可愛がっていたアルフレードが、まさかそんなことを言い出すなんて……。

「驚かせたかな？　でも俺は本気だよ。ずっとこの日を夢見ていたから、こうして会いに来たのさ。きみさえよかったら、もう今すぐにでも俺と――」

「ちょ、ちょっと、待って！　落ち着いて、アルフレード！」

動揺しているのは明らかにこちらなのだが、リディアは思わずそう言って、アルフレードを制した。

素直に口をつぐみ、丸い目でこちらを見つめるアルフレードに、リディアはうろたえながら言った。

「そう言われても、困るわ。だってわたし、もうすぐ結婚することになっているし」

「ああ、そうらしいね。だから修道院を出て、ここに戻ってきてると聞いた」

「知っててこんな話をっ？　でも、いったい誰から聞いたの？」

「さっき、ガストーニ子爵様から。それで慌ててここに来た。ずっと心から愛してきたきみを、親子以上に年の離れた好色なヒヒじじいになんて、渡せないからね！」

「ヒヒっ……って！　もう、なんてことを言うの！」

悪びれもせずそんなことを言うから、唖然《あぜん》としてしまう。

いくら騎士爵の息子とはいえ、伯爵家の当主に対してそんなことを言うなんて、どうかすると決闘を申し込まれてしまうくらい失礼なことなのに――――。

「アルフレード、お父様に聞いたのならわかるでしょう？　この結婚はもう決まったことなの。あなたの気持ちは嬉しいけど、今さらどうにもならないわ」

「そう？　本当にそう思ってる？」

「ええ、もちろんよ」

「じゃあ訊くけど、その結婚に愛はあるの？」

「あ、愛っ……？」

思いがけない問いかけに、虚を突かれる。

親の決めた結婚に、そんなものがあるのかなんて考えてもみなかった。

思わず言葉に詰まってしまい、なんとも答えられずにいると、アルフレードがさらに問いかけてきた。

「結婚てさ、神様の前で永遠の愛を誓うんだよね？　お相手の伯爵様はきみを、ただ若いからってことじゃなしに、本気で愛してくれていると思う？」

「さ、さあ？　それは、わたしには……」

「わからない？　じゃあ、きみの気持ちはどうなんだい？」

「わたしの気持ち？」

「ああ、そうだ。きみが伯爵様を愛していて、本当に心からそうしたいと思って結婚する気なら、俺だって止めやしないさ。けどそうじゃないなら、その結婚には反対だ。どこにも愛のない結婚なんて、そんなのきみにふさわしくない。俺はそう思うよ？」

「アルフ、レード……」

庶民の結婚ならともかく、貴族の結婚なんてそんなもの。

リディアはずっと、そう思って暮らしてきた。身分に見合う、親が決めた相手と結婚し、夫に尽くして生きていくのが貴族の娘の幸せだと、そう信じてきたのだ。

でもどうしてか、アルフレードの言うことは正しいとリディアは感じた。

子供時代、日が暮れるまで野山を駆け回っていた頃の、思うがままの心。

アルフレードの言葉を聞いていたら、今はもう失われてしまったあの頃の自由な気持ちを思い出した。

そしてそれを自覚した途端、リディアの目から、思いがけず涙が溢れてきた。

アルフレードが驚いたように目を見開く。

「リディアっ……？」

「……愛してなんか、いないわっ。たぶん伯爵様も、そうなのでしょう」

絞り出すみたいにそう言うと、アルフレードがかすかに眉根を寄せた。

そうなのだ。リディアは本当は、それを知っていたのだ。

「この結婚に、愛なんてないんだと思う。でも仕方がないの。家と領地と領民のためには、縁談を受け入れるしかっ……」

納得していたつもりだったのに、口に出してそう言ったら、蓋をしていた本心が胸にどっと溢れてきた。

愛のない結婚なんて、したくない。

本当の愛というのがどんなものか、いやそれ以前に、淡い恋心がどういうものなのかさえも、リディアにはわからないのだけれど、少なくともこの結婚にそれがないことはわかる。

今さらのようにそれに気づいたら、なんだかひどくみじめな気持ちになってきて――。

「わ、たしっ……、あっ……？」

止めようもなく泣いていると、アルフレードがすっと立ち上がって、優しく体を抱いてきた。リディアの髪をそっと撫でて、アルフレードが言う。

「リディア、ごめんよ」

「え……」

「きみを泣かせるつもりじゃなかったんだ。俺の言葉で哀《かな》しい気持ちにさせてしまったなら、本当にごめん。どうか許してほしい」

穏やかにそう言われて、ますます涙がこぼれてくる。

幼かったアルフレードも、いつの間にかこうやって紳士らしく女性を気遣えるようになったのだなと思うと、何やら感慨はあるけれど、こちらこそそんなふうに謝らせる気などなかった。

幼なじみの気安さで、目の前で取り乱して泣くなんて、貴婦人として恥ずかしい。

リディアは慌てて涙を拭いて言った。

「わ、わたしのほうこそ、ごめんなさい。こんなふうに泣いて、恥ずかしいわ！」

「そんなことはないよ。きみはいつだって、自分の心に素直であるべきだ」

「心に、素直に？」

「そう。結婚に疑問を抱いて気持ちが揺れたのなら、それを押し隠したりすることはないんだよ」

アルフレードが真摯な目をしてそう言って、それからかすかなためらいを見せながら、ゆっくりと言葉を続ける。

「そんなきみの心を、さらに揺さぶってしまうみたいで、ほんの少し気が咎めるんだけど……、でも俺も本気だから、どうかもう一度言わせて。リディア、俺と結婚してくれないか？」

「アルフレード……」

「俺は心からきみを愛している。子供の頃からずっとだ。この国、いや、この世界に暮らす誰よりも確かかな、強い気持ちでね」

噛《か》んで含めるようにそう言って、アルフレードが少し考えるように小首をかしげる。

「それにね。今の俺なら、むしろ伯爵様よりも、きみにとって条件のいい結婚相手なんじゃないかと思うんだ」

「条件……？」

「うん。俺は貴族じゃないけど、騎士としてそれなりの働きをしてきたし、亡くなった父から受け継いだ財産も家屋敷もある。今回の遠征任務でも武勲を立てたから、そろそろ騎士爵の称号を賜るだろう」

「アルフレードが、騎士爵に？」

「そうなればもちろん俸禄も上がる。きみはちゃんときみを愛する相手と結ばれて、同時にガストーニの家と領地、領民の暮らしを守ることもできるってことさ。夫になったあかつきには、この俺が必ずそうすると約束するよ」

アルフレードが言って、探るようにこちらを見つめてくる。

「……どうかな？　俺との結婚を、前向きに考えてもらえないかな？」

昔と変わらない、人懐っこくてどこか愛らしい彼の表情。甘えるような上目遣い。

そんなふうに見つめられると、正直心が揺らいでしまう。

けれど、結婚を自分一人の意思で決められるなんて、リディアにはとても思えない。

貴族の子女にとって家長である父が決めたことは絶対で、ほかの選択肢などそもそも存在しないのだ。前向きにと言われても、困ってしまう。

(……でも、彼の言っていることも、正しいわ)

アルフレードが言ったように、結婚するときには神様の前で愛を誓うのだ。

たとえ親が決めた相手とであれ、神様の前で嘘《うそ》をつくなんて、それこそ考えられないことだ。愛のない結婚への疑問は、もはやなかったことにはできないほど強く、リディアの心に存在している。

結婚間近だというのに、まさかこんな気持ちになってしまうなんて思わなかった。

いったいこれからどうしたらいいのだろうと、呆然《ぼうぜん》となっていると、アルフレードがふと思いついたみたいに言った。

「……そうだ。リディア、今から俺と一緒に、フォリーノ司祭のところに行ってみない？」

「司祭様のところに？」

「ああ。きみは結婚を目前に控えて、その内実に疑問を覚えてしまったわけだろう？　まずはそれをちゃんと解決しないと、とても神様の前に立って生涯の愛を誓うことなんてできない。そうじゃないか？」

「それは、そう思うわ。でも……」

「フォリーノ司祭なら王国の法典にも詳しいし、婚姻の決まりについても熟知しているはずだ。それにいつだって、彼は敬虔な信徒の味方だよ。きっと相談に乗ってくれるはずだ」

「そう、かしら……？」

「ああ、そうさ！　よし、そういうことなら、お父上が帰ってくる前にさっさと行ってこよう！」

妙に元気な声でそう言って、アルフレードが窓辺に行く。

そうして窓枠をまたぎ越しながら、こちらを振り返って言う。

「リディア、着替えてマントか何か羽織ってきてくれるかい？　俺が先に庭に下りて、きみを受け止めるから」

「えっ、ここから外に行くのっ？」

「そうだよ。誰にも知られず出かけて、そっと戻ってくるんだ。大丈夫。何もかも上手くいくよ。じゃあ、待っているね、リディア！」

こちらに軽くウインクをよこして、アルフレードが音もなく窓から滑り出ていく。

リディアは半ば呆然としながら、その姿を見送っていた。

(言われるままに出てきちゃったけど、本当に大丈夫かしらっ……？)

夜の闇に紛れて屋敷を出て、アルフレードに手を引かれて教会に向かっているうちに、リディアは徐々に不安になってきた。

結婚を控えた貴族の娘が、幼なじみとはいえ男性と連れだって夜の町を二人きりで歩くなんて、誰かに見られたらとんでもない醜聞になってしまう。

フォリーノ司祭だって、こんなふうに訪ねていったらどんな顔をするかわからない。少々軽率すぎたのではないか。

「リディア、もしかして不安になってきちゃった？」

「……不安、ていうか」

「何も心配はいらないよ。俺がついてる」

アルフレードが言って、リディアの手を握る力を強める。

「俺は騎士だ。どんなことからだって、きみを守るよ！」

力強い言葉に勇気づけられるものの、そう言われると逆に、自分たちは大それたことをしてしまっているのではと焦りもする。

フォリーノ司祭は気さくな方だから、リディアの胸の内を打ち明けたら、いいアドバイスをくれそうな気はしなくもないのだけれど――――。

「こんばんは、フォリーノ司祭！　あ、ダンテさんも！」

「……おや、アルフレードに……、リディア嬢。こんばんは」

教会の入り口から礼拝堂の中に入っていくと、ちょうど祭壇の前にフォリーノ司祭と、信徒で炭焼き職人のダンテがいて、アルフレードとリディアを出迎えた。

フォリーノ司祭は、アルフレードが引き取られる少し前に、教区から新任の司祭として着任してきた、まだ三十代の若い司祭だ。ダンテも年齢は同じくらい、寡黙な巨軀の男性で、普段は山にこもっていることが多いが、熱心に教会に通う敬虔な信徒だ。

幼い頃からよく知っているアルフレードとリディアの突然の来訪に、二人ともいくらか驚いた顔をしてはいるが、咎めるような目つきではない。

でも夜なのでほかに人けはなく、やはり緊張してきてしまう。

アルフレードの姿を見て、フォリーノ司祭が笑みを浮かべて言う。

「そろそろ来るだろうとは思っていたから、迎える準備はしていたが、まさか今夜訪ねてくるとはね」

「すみません、司祭様。ちょっと、急がなきゃならない状況で」

アルフレードがそう言うと、フォリーノ司祭とダンテが顔を見合わせた。ダンテが黙ったまま首をかしげると、フォリーノ司祭が探るみたいに口を開いた。

「それはやはり、リディア嬢を連れてきたことと関係が？」

関係があるというより、リディア自身の結婚への懐疑なのだが、何から話せばいいのだろう。

考えをまとめようと一瞬黙ると、アルフレードが口を開いた。

「はい、そのとおりです。どうか今すぐ、俺とリディアを結婚させてください！」

「なっ？　ちょっ、何を言っててっ？」

アルフレードの発言に耳を疑う。

リディアが結婚に対して疑問を抱いてしまったから、相談に行こうという話だったのに、どうして一足飛びにそうなるのか。

そもそも、父の承諾も立ち会いもなしに二人きりで今すぐ結婚なんて、さすがにどう考えてもそれはあり得ないだろう。

それにリディアは、まだアルフレードのプロポーズを受け入れたわけではないのだ。

もちろん幼なじみ同士だから、ふた回り以上年上のよく知らない伯爵よりはずっと親しみを感じるし、弟のように可愛がってもいたが、それでもいきなり結婚なんて――。

「きみは心からリディア嬢を愛しているのかい、アルフレード？」

突然の話にも、フォリーノ司祭は動じる様子もなく訊《たず》ねる。アルフレードが身を乗り出すようにして答える。

「もちろんです！　というか、司祭もダンテさんもよくご存じでしょう？」

「っ？　そうなのですかっ？」

驚いて訊ねると、フォリーノ司祭は微笑ましいものでも見たような顔をして言った。

「ああ、うん。それはまあそうだね。リディア嬢を心から恋しく思っていて、夜も眠れないなんて話は、アルフレードからずっと聞かされていたし」

「そ、そんなまさか！　ご冗談を……！」

「いや、事実だよ。でもその想《おも》いを伝えるためには、まずは立派な騎士にならなければと、そうも言っていたね。そうだよね、ダンテ？」

「……ええ、そうですね。確かにそう言っていました」

フォリーノ司祭に話を振られ、ダンテも言う。

まさか二人に話していたなんて思わなかったから、驚いてアルフレードの顔を凝視する。

アルフレードが照れたみたいな笑みを返すと、フォリーノ司祭がふむ、とうなずいて、ニコリと微笑んで言った。

「まあそんなわけだから、私としては、悪くない話だと思うね」

「悪くない、お話って？」

「うん。騎士として遠征任務に参加して武勲を立てた今なら、アルフレードがきみに求婚するのには、いい頃合いなのではないかと」

「なっ！　司祭様まで、何をおっしゃってっ……！」

信じられない言葉に、二の句が継げなくなってしまう。まさか司祭である彼がそんなことを言うなんて。

（いったい、どういうことなのっ？）

彼だってリディアの縁談話は知っているはずなのに、幼なじみとの結婚をすすめるようなことを言うなんて、とても教会の司祭の言葉とは思えない。

それでもあえて口にしたということは、何かよほどの理由があるのだろうか。

（もしかして、司祭様も伯爵様との結婚に反対なの……？）

婚約相手の伯爵がどんな人物なのか、リディアにはわからないけれど、ひょっとしたら何か問題のある人物なのかもしれない。二人はそれを知っているから、結婚の邪魔をしようとしているのだとか……？

わけがわからないながらも、どうしてこういうことになっているのか冷静に考えようとしていると、どこか寂しげな目をして、アルフレードが訊いてきた。

「……ねえ、リディア？　きみは俺が、嫌い？」

「えっ」

「俺のことが嫌いだから、俺と結婚するくらいなら見知らぬ年上の貴族と結婚するほうがいいって、そう思ってるの？」

「まさか！　あなたを嫌ったりなんて、そんなことあるわけがないわ！」

リディアは慌てて言って、アルフレードを見つめた。

「だって、修道院で暮らしている間もときどき気になっていたもの。あなたはどうしているのかしら、って。わたしと同じくらい体が小さかったのに、こんな立派な騎士になって戻ってきて、すごいなって思っているわ」

「そう思ってくれてても、俺とは結婚したくない？」

「それは……！　だって、お父様が、なんて言うか」

「じゃあ子爵様が許してくれたら、俺と結婚してくれる？」

「う、うーん……」

父がアルフレードとの結婚を許すとはとても思えないのだが、もしも許してもらえたなら、どうだろうか。

リディアとしては、断る理由は特にないだろう。

そもそも伯爵との縁談が破談になったとしても、この国の決まりでは女であるリディアが子爵の位を継ぐことはないし、独り身で生きていけるのは修道院の中だけだろうから、いずれは誰かと結婚することになるのだ。

だったら、人柄も性格もよく知っている幼なじみの求婚を受け入れるほうがいいのではないかと、そんな気もしてくる。

リディアは少し考えて、おずおずと言った。

「……そ、そうね。そうなったら、あなたの求婚を受け入れてもいいわ」

「本当っ？」

「ええ、本当よ。もちろん、あなたがわたしを本気で愛してくれているのならだけど……」

「愛しているさ、当然だとも！　どんな苦難のときもきみを愛し、この命尽きるまで、いや尽きたとしても、きみへの愛を貫くと神様に誓うよ！」

「そ、そう？　そういうことなら、まあ」

うなずいて答えると、アルフレードがああ、とため息を洩らした。

そうして確かめるみたいに、静かに訊いてくる。

「リディア、きみも神様に誓ってくれるかい？　きみの気持ちは、本物だって」

「ええ、誓うわ。そのときが来たら……」

「やった！　じゃあフォリーノ司祭、お願いします！　ダンテさん、立会人になって！」

アルフレードが飛び上がらんばかりに喜んでそう言うと、フォリーノ司祭とダンテが笑みを見せてうなずいた。

「……っ？」

そうして傍らから美しいビロードの小箱を取り出し、二人の前で蓋を開けて中を見せる。

絹が敷かれた小箱の中には、青い石がついた金の指輪が二つ並んで入っていた。

これって、まさか……。

「それでは指輪の交換を。結婚の誓約の証にね」

「はっ？　し、司祭様、何をっ……」

「今が『そのとき』なのさ、愛《いと》しいリディア。俺たちは今、神様の前で愛を誓い合って結婚した。きみは俺の大切な妻だ！」

アルフレードが嬉々《きき》とした顔で言って、うろたえるリディアの左手を取り、薬指に指輪をはめる。あつらえたみたいにぴったりな指輪に驚いているリディアに、アルフレードがうっとりと言う。

「ああ、思ったとおりだ。きみはサファイアがよく似合うね。まるでそう、お姫様みたいだ！」

「アルフ、レードっ、ねえ、待って……！」

「どうか俺にも指輪をはめてくれ、愛しいリディア。それから口づけさせてほしい。きみの可愛らしい口唇に」

「――――」

甘い声音と表情に、頭が真っ白になる。

これは本当に現実なのだろうか。もしかして夢でも見ているのでは――――？

呆然としながらも、促されて震える手で彼に指輪をはめる。アルフレードが小さくうなずいて、リディアの目を見つめる。

「本当に、心から嬉しいよ、リディア。きみを愛している。幸せになろう」

そう言ってアルフレードが、リディアの頬に手を添える。

初めて彼の口づけを、リディアは身じろぎもせずに受け止めていた。


(わたし、本当にアルフレードと結婚してしまったのっ?)

教会に迎えに来た馬車に揺られながら、リディアは混乱を覚えていた。

一応教会だったし、最後にフォリーノ司祭が結婚の成立を宣言してはいたけれど、あの結婚式が果たして正式なものと言えるのか、リディアはまだなんとなく疑っている。

神様の前で結婚の儀式を執り行ってしまったあとから、父に事後承諾を取りに行くなんて、そんなことが本当にまかりとおるのだろうか。

決まっていた婚約を破談にするわけだし、相手の伯爵家にだってとても失礼なことで……。

「リディア、王都にはマファルダも連れていく?」

「え……?」

「慣れない王都で暮らすことになるわけだし、気心の知れた乳母が傍《そば》にいてくれたほうが、きみも安心でしょう?」

向き合って座るアルフレードが、楽しげに訊いてくる。

ありがたい提案ではあるけれど、今の状況を話して長年仕えてくれているマファルダがどう思うか、リディアは不安だ。亡き母への約束を大事に守っているマファルダだから、もしかしたら卒倒するかもしれない。

父に話をするにも、いったいどんな顔をしたらいいのか……。

「……あら？　ねえ待って、この馬車はどこへ行くのっ？」

窓の外は真っ暗だが、ごとごととした車輪の音から、町はずれの川にかかった大きな橋を渡っていることに気づいた。

でも、教会からガストーニ子爵の屋敷へ帰るのに川を渡るのはおかしい。

リディアは不審に思い、アルフレードに訊ねた。

「お父様のところへ行くのでは、なかったの？」

「そのつもりだよ。ちゃんと夫婦になってからね」

「ちゃんとって……、さっき、フォリーノ司祭が結婚は成立したって」

「うん。でもまだ、結婚の儀式が全部終わったわけじゃないから。騎士団は明日には王都に戻ることになっているし……」

そう言ってアルフレードが、声を潜める。

「今夜は、俺たちの結婚初夜だ。夫婦は新床をともにして初めて結ばれる。きみだって、それくらいは知っているでしょう？」

「……それは……、そういうことがあるというのは、知っているけど……」

結婚したら夫と新婚の褥《しとね》で眠り、ともに朝を迎える。

娘時代を男性のいない修道院で長く過ごしていたとはいえ、リディアもそうするものだというのは知っている。

でも、それが何を意味するのかはよくわからない。

召使いたちや、屋敷にやってくる父の知人や友人の男性たちが、ややくつろいだ席でひそひそと言葉を交わし合っているのを、たまたま聞いた程度の知識によれば、どうやらそれは天にも昇るような心地がするものらしい。

だが、貴族の娘がそんな知識を持っているのは、それだけではしたないことだと言われているし、もちろんマファルダとだってその手の話は一切したことがない。

先ほどの結婚式が正式なものなのか疑問であるだけに、夫婦としてきちんと結ばれるのはとても大切なことだとは思うが、実態が何もわからないので、少々不安になってくる。

「心配しないで、リディア。俺を信じて身をゆだねてくれれば、怖いことなんて何もないよ」

「アルフレード……」

「きみは何もしなくていい。俺の愛を、ただ受け止めてくれればいいんだよ」

「あなたの、愛を……？」

それがどういうことなのか、よくわからないけれど、もうアルフレードの気持ちは溢れるほどに伝わっているから、ほんの少し怖さが和らぐ。

愛の行為だとか妻の務めだとか、そんな言い方をされるのを耳にしたこともあるし、結婚した夫婦なら皆がしていることだというのなら、きっと大丈夫だろう。

リディアとしては、そのあと父と会って結婚したと話すことのほうが、やはりなんだか憂鬱だ。父はどんな顔をするだろうと想像して気が重くなっていると、やがて馬車が坂道を上り始めた。

ブルーナはほとんど平坦な土地ばかりで、坂になっているのは街道の傍にある小高い山くらいだ。もしや騎士団が宿を取っている街道のほうに来ている……？

「さあ、着いた。足元に気をつけて、リディア」

アルフレードに手を取られて、馬車を降りる。

山道の途中なのか、鬱蒼《うっそう》と茂る木々の間からチラチラと街道沿いの宿場の明かりが見えるほかは、ほとんど光もなく真っ暗だ。

道の先にわずかに見える明かりを頼りに、アルフレードに手を引かれて歩いていくと――。

「……ここは、古城跡？」

「そうさ。本当は団長殿と副団長殿がここに泊まる予定だったんだけど、俺が今夜愛する人に結婚の申し込みをしに行くと知って、おまえと未来の花嫁のためならって、譲ってくれたんだ」

「わたしたちのこと、騎士団の人たちに話してあるのっ?」

「うん。みんな、プロポーズが上手くいかなかったら朝まで酒につき合ってくれるって言ってたけど、その必要はなくなったな」

おかしそうに言いながら、アルフレードが城の中にリディアを誘《いざな》う。

扉をすり抜けて入っていくと、そこは円形のホールになっていた。硬い壁に沿って作られた螺旋《らせん》状の階段をぐるりと上っていくと。

「……まあ……!」

ろうそくの薄明かりに照らし出されたのは、天蓋付きの大きなベッドだ。

サイドテーブルには百合《ゆり》やバラの花が生けてあり、香のようなものが焚《た》かれているのかいい香りがする。

天蓋から下りる淡いヴェールのようなカーテンの中には、清潔な白いシーツが敷かれた寝台が覗《のぞ》く。

まるで、おとぎ話に出てくるお姫様の寝室みたいだ。知らず息をのんでいると、アルフレードがリディアの背後に身を寄せ、耳元に口唇を近づけて言った。

「素敵でしょう?」

「……ええ、そうね」

「花は、きみをイメージして選んだんだ」

「わたし？」

「とても綺麗《きれい》で、いい香りがする。離れていた七年の間、俺は美しい花を見るたびにきみのことを考えていた。早く会いたい、胸一杯に溢れるこの想いを伝えに行きたいって、そればかり思っていたよ」

「アルフ、レード……」

七年前、二人で何か将来の約束をしたとか、そういうわけではなかった。

それなのに、会わないでいる間そんなにも自分を恋しく思ってくれていたなんて、まさか思いもしなかった。

そもそも、辺境騎士団の遠征がなければ彼がここへ来ることはなかっただろうし、少し時期がずれていれば、リディアはもうやもめの伯爵と結婚したあとだっただろう。

けれどアルフレードはリディアの前にやってきて、情熱的に愛を告げてくれた。

ああいう形で結婚式を挙げたのはまったくの予定外だったし、リディアのほうはいまだにアルフレードを可愛い弟のように思っていた頃の気持ちのままだが、彼とはいずれ結婚する運命だったのではないかと、なんだかそんなふうに思えてくる。

いくらか陶然となりながら顔を彼のほうに向けると、アルフレードが肩越しにこちらの瞳を見つめながら、リディアが羽織っているマントの紐《ひも》をほどいて、するりと肩から落とした。

そうしてドレスの肩口に、そっと口唇を押し当ててくる。

肩に彼の体温が伝わってきて、ドキドキと心拍数が上がる。

「おいで」

アルフレードが先に立って寝台に腰掛け、リディアを優しく誘う。

おずおずと隣に座り、間近で顔を見つめ合ったら、それだけでまた胸が激しく跳ねた。

こんな間近で男性と二人きりになったことはないし、どういう顔をしたらいいのかわからない。顔を見ていられず目を伏せると、アルフレードがふふ、と笑った。

「ああ、変わらないな、リディアのそういう表情」

「……？」

「きみのまつげ、長くてくるんてカールしてて、可愛いなってずっと思ってた。瞼も柔らかそうで……、こうして触れてみたくて、たまらなかった」

「っ……」

目元にちゅっと口づけられて、ビクリと身が震える。

思わずきゅっと瞼を閉じたら、アルフレードが甘くささやいた。

「もっと、きみに触れたい。横になろうか」

きみに触れたい、だなんて、大人の男性が使うような言葉だ。もちろん彼も大人だが、なんだか恥ずかしくて頬が熱くなってしまう。

でも、きっとそれが夫婦の床で行われることなのだろう。

思いがけず結婚することになったが、神様の前で正式に夫婦と認められたのだから、今は夫であるアルフレードにこの身をゆだねるのが、妻である自分の正しい振る舞いであるのに違いない。

リディアは促されるまま、シーツの上に身を横たえた。

こわごわ目を開くと、アルフレードがそっと身を寄せ、顔を近づけて訊いてきた。

「キスをしても、いい？」

「……ええ……」

声が震えそうになるのをこらえ、小さく答える。

アルフレードが笑みを見せ、優しく口唇を重ねてくる。

「……ん、っ……」

ちゅ、ちゅ、と、まるで小鳥が果実をついばむみたいに、アルフレードがリディアの口唇に吸いついてくる。

先ほど教会で交わした口づけは、互いの温度を静かに確かめるような穏やかな触れ合いだった。

けれど今は、どこかそれよりも熱っぽい。何度も繰り返し口唇を合わせるにつれ、アルフレードの息がかすかに揺れ始める。

「……はあ……、リディア……、愛しい、リディア」

リディアの口唇を吸いながら、まるで熱に浮かされたみたいに、アルフレードが名を呼びかける。そうしながら彼が、その大きな手でリディアの髪をすき、ドレスの上から肩や腕を撫でてきた。

(アルフレードの体、なんだか熱いわ)

衣服越しだが、密着した彼の体はとても熱く、鼓動も高鳴っているのがわかる。

男性とこんなにも近くで接したのは初めてだけれど、女性とはまったく違う体をしているように思える。

肩が広く、首もがっしりとしていて、胸も厚い。

四肢は太く筋肉質で、手もとても大きい。

アルフレードの体からは、女の自分にはないたくましさや力強さをありありと感じる。こうして傍にいるだけで、なんだか胸がドキドキしてきた。

これからは彼の妻として、ともに暮らしていくことになるのだ。

そう思うと、女として、何か少し安心するような気持ちも湧いてくる。

「ぁ、ん……」

彼の胸にすがるように手を置いたら、アルフレードがリディアにのしかかって、口唇を密着させるみたいに重ねてきた。

そうして閉じた口唇の合わせ目を熱い舌でなぞり、舌の先端で優しく穿《うが》ってくる。

「ん、ん……、ふ……」

口唇で触れ合っているだけでもとても甘い気分になっていたのに、舌でなぞられたら、なぜだか背筋がゾクリとなった。

とても淫靡《いんび》な感触なのに、そうされると体の奥のほうが蕩ける感覚があって、結んだ口唇が徐々にほどけてくる。

知らず口唇を開くと、アルフレードが口腔《こうこう》に舌先を滑り込ませてきた。

「……ん、ぅ、ふっ……」

リディアの柔らかい口唇をぷるんともてあそぶように吸いながら、彼が舌を何度も口腔に差し込んでくる。

温かく潤んだ舌を味わうのは初めてだ。

ぬるりとした感触に少し驚いたけれど、かすかに濡れた音を立てて口腔の中を舐《ねぶ》り、探るみたいに動き回るそれは、身の内からリディアの意識を揺さぶってくる。

互いの舌先が触れ合い、優しく絡まると、頭の中が淡くけぶった不思議な感覚になった。

(キスって、こんなに、甘いものなの……！)

アルフレードの舌はとても熱く、甘美な味がする。

まるで彼が告げる愛の言葉が、舌先からリディアの中に流れ込んでくるかのようだ。

上顎や、歯列、舌下をまさぐられ、舌をちゅる、と吸われると、彼の愛情の奔流を浴びせられているような気分になって、頭がぼうっとしてくる。

息がひとりでに乱れていくのを感じていると、アルフレードがわずかに口唇を離して、笑みを見せて言った。

「……リディア、キスするの、好き？」

「……わ、から、な……」

「そう？　でもキスしただけで、きみの体はすごく熱くなってるよ？　胸もほら、こんなにドキドキしてる」

「あっ……」

二つの胸のふくらみの間に、ドレスの上からぐっと口唇を押しつけられて、そこがトクトクと脈打っているのを感じた。

衣服の上からリディアの体を撫でて、アルフレードが訊いてくる。

「きみと、何にも隔てられずに触れ合いたい。服を脱がせていくよ？」

「……っ……」

男性に裸の姿をさらすなんて、誰にであれしたことがないから、恥ずかしさで頭がかあっと熱くなる。

けれど、アルフレードは夫なのだ。彼のほかに我が身を曝け出す相手なんて一生いないだろうし、その彼に身をゆだねようと決めたのだから、言われたことは受け入れるべきなのだろうか。

逡巡《しゅんじゅん》している間にも、アルフレードがドレスの胸元の紐をほどいて緩めてくる。

ろうそくの薄明りの中、リディアの二つの胸がぽろりと外にこぼれ出たから、思わずさっと顔を背けてしまう。アルフレードがふふ、と笑って告げる。

「恥ずかしがらなくてもいいんだよ、リディア。きみはとても綺麗だし、ここには俺しかいないんだからね」

「で、でも……」

「俺もきみと同じ姿になるよ。そうしたら、恥ずかしくないだろう？」

アルフレードが言って、さっとシャツを脱ぎ捨てる。

男性が裸になるのと女性がそうするのではぜんぜん違うのではと思ったけれど、彼が気を遣ってくれているのはわかったので、顔を背けたまま小さくうなずく。

羞恥を覚えながらもされるがままになっていると、リディアの体から、ドレスにコルセット、肌着や下穿きなどが順にはぎ取られた。

アルフレードも衣服をすべて脱ぎ捨てて、またリディアに身を重ねてくる。

「……あッ……」

直接触れ合ったアルフレードの肌が燃えるように熱かったから、驚いてビクリと震えた。

中で熱い血潮が沸騰しているかのような、張りのある皮膚。

大きな体軀には重量感があり、華奢《きゃしゃ》なリディアの体を覆い尽くしてくるかのようだ。

男性の肉体というものに圧倒されてしまい、かすかなおののきを感じていると、アルフレードが間近でリディアを見つめ、ため息をついた。

「ああ……、リディアの体、なんて柔らかいんだろう。ずっと、想像していたとおりだよ」

「ア、ル……」

「きみに恋い焦がれて、こんなふうに触れ合える日を夢見てきた。夢が叶ったというなら、それはまさに今この瞬間のことだよ。もっとキスさせて、リディア！」

「……あ、んっ！　ん、むっ……」

また口唇を合わされ、口腔を舌で深くまで舐られて、頭に火花が散った。

先ほどよりも情熱的で、激しい口づけ。

口唇を食《は》まれ、舌を吸い立てられるほどに、そこがジンジンと火照って、過敏になっていくのがわかる。

アルフレードの言うとおり体も熱くなり、胸も激しく高鳴ってきた。

「あ、ふ……、ん、ぅう……」

キスで溢れんばかりの熱情を伝えながら、アルフレードがリディアの裸身に手で触れ、肌を優しく撫でてくる。

首筋、鎖骨、乳房のふくらみ。

わき腹や腰から太腿《ふともも》に至る、柔らかなボディーライン。

まるでリディアの形を確かめるみたいに、アルフレードの手のひらが肌の上を滑る。

そんなふうにされると、普通ならくすぐったさを覚えるものだが、どうしてか今はそうは感じない。キスと同じくらい熱っぽく、それでいて繊細な触れ方にゾクゾクと背筋が震えて、妙な声を上げそうになる。

熱を帯びた体は知らずうっすらと汗をまとい、アルフレードの厚みのある手にしっとりと吸いつく。指先を立てて爪で優しく引っかくみたいにされたら、上体がビクンと跳ねて喘《あえ》いでしまいそうになった。

経験したことのない感触に、何やら恍惚《こうこつ》となってくる。

（こんなふうになるの、初めて……）

アルフレードに触れられれば触れられるほど、思考がどこかに霧散して、ものが考えられなくなってくる。

この行為がどこへ向かうのかわからないのに、そうなってしまうなんて少し怖いけれど、アルフレードがリディアを心底愛しく思って触れてくれているのは確かに感じる。だからそれを受け止めるリディアの体も、愛に応《こた》えて変化していくのだろうか。

これが夫婦の交わりなのだと言われれば、そういうものなのかと思いはするのだけれど

「……ふふ、リディアの目、甘く潤んできたね。俺に触れられて、感じ始めたからかな？」

キスをほどいてリディアを見つめながら、アルフレードがささやく。

感じる、というのは、彼に反応していることをいうのだろうか。よく意味がのみ込めないまま顔を見つめ返すと、アルフレードが嬉しそうに言った。

「ほら、ここもツンと立ってる。こうしたら、どう？」

「……っ、あっ、あ！」

二つの胸の蕾をアルフレードの両手の指で摘《つま》まれ、くにゅくにゅともてあそばれて、どうしてか甘い声が出た。

寒さを感じたわけでもないのに、そこはいつの間にか硬くなっている。

普段はあえて自分で触れることもない場所だから知らなかったが、そこはひどく敏感な部分であるようだ。いじられるだけで体の芯がビリビリとしびれたみたいになって、知らず腰が踊ってしまう。

どうして、こんなふうに――――？

「ここ、感じるんだね。気持ちいい？」

「ん、ぅっ、わ、からない、わ」

「本当に？　じゃあ、こうしたら？」

「ぁ、あっ！　はぁっ、ああ……！」

立ち上がった乳首にアルフレードが口唇で吸いつき、先端を舌で舐ってきたから、また恥ずかしい声が洩れる。

感じる、というのは、どうやら気持ちがいいというのと同じ意味のようだ。

左右の胸を代わる代わる吸われ、乳頭を舌で転がすみたいにされると、気持ちがよくて声が出てしまう。乳房のふくらみを揉みしだかれ、口唇を窄《すぼ》めてチュクチュクと吸われたら、大きく上体がのけぞった。

初めての感覚に翻弄されて、全身がビクビクと震えてしまう。

「きみのここ、すごく感じやすいね。味わいも、とてもいい」

アルフレードが艶麗《えんれい》な笑みを見せる。

「きみが感じてくれるのが、俺はとても嬉しいんだ。もっと乱れて、可愛く啼《な》いてみせて、リディア」

「は、ぅっ、ああ、はぁ……！」

まるで果実でも味わうみたいに、アルフレードがまた乳首を吸い立ててくる。

野イチゴみたいになったそこを舌でなぞり上げられ、あるいは押し潰《つぶ》されて、悦びでまなじりが濡れる。もう片方の突起も指できゅっと摘まれ、左右同時に刺激されたら、気が遠くなりそうなほど感じて、クラクラとめまいを覚えた。

そうしているうち、今度はお腹の奥のほう、ちょうどおへその下あたりが、だんだんと熱っぽくなってきたのがわかった。

それからその下のほう、ちょうど月のものが下りてくるあたりが、なぜだかとろりと潤んだみたいになって、ヒクヒクとひとりでに震え動き始めている。

これはいったいなんなのだろう。リディアは声を上ずらせながら言った。

「あ、ぁ、なんだか、変っ」

「変なの？　どこがどんなふうに、変？」

「お、腹の、下のほうがっ、ヒクヒクってっ……！　それに何かが、溢れてっ……」

異変を口に出して言う間にも、閉じた腿の付け根のあたりはますます潤んできて、ヒクつく感じも止まらない。

自分の体なのに、何かよくわからないことが起きている。かすかに怯《おび》えながらアルフレードを見つめると、彼がどこか意味ありげな目をして見返してきた。

「そう。じゃあそこがどうなっているか、確かめてみようか？」

「確かめ、るって……？」

「簡単さ。足を少しだけ、開いてみて？」

優しく促され、言われるまま足を開く。

するとと何かがトロリとシーツにこぼれたのがわかったから、ドキリとしてしまう。

いったい何がどうなって――――。

「ひあ……！」

わずかに開いた足の間に、アルフレードがそっと指を滑らせたから、思わず声が出た。

そこはやはり何かで濡れているようだ。

それがなんなのかというのも、もちろん気になるけれど。

(今の……、な、に……？)

アルフレードが足の付け根、花びらが重なったようになっている場所に触れた瞬間、体の芯に甘い疼《うず》きを覚えた。

今までに経験したことのない疼きで、どうしてか胸がドキドキする。

いよいよ戸惑いを覚えておののくリディアに、アルフレードが安心させるみたいに言う。

「大丈夫。何も変じゃないよ、リディア。ここがこうなっているのは、とても素晴らしいことだ」

「素晴らしい、こと？」

「きみの体は、俺の愛をちゃんと受け止めようとしてくれてる。だからこういうふうに、温かい蜜をこぼしているんだよ」

「み、つ……？」

アルフレードの愛を、体で受け止める。

その意味はまだよくわからないけれど、これがそのためのものだというのなら、怖がることもないのだろうか。でも、あの疼きは……？

「つあ、あっ！　ああぁ……！」

リディアの目をうっとりと見つめながら、アルフレードがリディアの秘部に触れた指をゆっくりと前後に動かし始めたから、裏返った声を発してしまう。

指の腹で優しく触れられ、そっと撫でられているだけなのに、ひとりでに腰が跳ねてしまいそうなほどの快感が走る。

アルフレードが小さくうなずいて言う。

「気持ちいいんだね。ここを、こうすると」

「あ、あっ！　はあ、あ……！」

花びらの中にわずかに指を沈められ、蜜を絡めてくちゅくちゅといじられると、全身をしびれが駆け抜けた。

視界が揺れるほどの、甘い悦び。

そこがそんなふうに感じる場所だったなんて、知らなかった。

蜜の壺の入り口を探るようにアルフレードが指を動かすだけで、お腹の底もきゅうきゅうと震えて、さらに止めどなく蜜が溢れてくる。

鮮烈な感覚に呼吸が乱れ、激しく上下し始めたリディアの胸に、アルフレードが口唇でチユッと吸いついて言う。

「ああ、本当に可愛いよリディア。そんなに、いい？」

「は、ああっ、ア、ルっ、あぁ、あ……！」

「蜜もどんどん溢れてくる。きみはやっぱり、花みたいだ」

アルフレードが嬉しそうに言う。

乱れて、啼いてみせて、なんて言われたけれど、こんなふうに身悶えて声を立ててしまうのは、なんだかとても恥ずかしい。

なのに、それを伝える言葉も口に出せないまま、リディアの体は熟れたようになってくる。

頭の中が真っ白になって、ただ気持ちがいいということしかわからなくなって――。

「……あっ！　はぅ、ぁあぁ！」

「ここも、いい？」

「やっ、だ、めっ、そこ、ああ、あああっ！」

秘められた孔《あな》よりも手前、ちょうど花びらの合わせ目のあたりを優しくくすぐられて、体がビンと跳ねるほどの喜悦が背筋を駆け抜けた。

そこには何か小さな花の芽のようなものが、薄いベール状の襞に包まれてひっそりと芽吹いているみたいだ。

そんな場所があることすら自分では気づいていなかったが、そこは口唇や胸の蕾、蜜壺の口よりもさらに過敏で、なぞられただけで頭の中がチカチカと光って、叫び出しそうになってしまう。

薄い襞をそっとまくられ、むき出しになったそれを、アルフレードが濡れた指先でまさぐってくる。

「ひ、ぁっ、ああっ、あっ！」

「ふふ、ここもよさそうだ」

「ああっ、そ、こっ、だめっ！　変に、なっちゃうっ！」

「どんなふうに？」

「あ、たまが、くらくら、って、してっ……、何も、わから、なくっ」

「そうなってもいいよ。何も気にしないでいい。悦びに素直になって、リディア」

「や、あ、ああっ、あああああ！」

リディアの反応を面白がるみたいに、アルフレードがそこをくにゅくにゅともてあそび始める。腰をよじって逃れようとするが、彼はそれを許してくれず、離れぬよう指を添えてくるくると転がすみたいにしてくる。

するとどうしてか、リディアの下腹部がきゅうきゅうと収縮し始めた。

そうして何か大きな波のようなものが、お腹の底からひたひたと押し寄せてきて――――。

「ああっ、あっ……、はぁああ――――」

全身を大きな波が駆け抜けるみたいな感覚に襲われ、リディアは悲鳴を上げた。

目の前がぱあっと真っ白になって、体がガクガクと震える。

花の芽から花びら、蜜口のあたりまでがヒクッ、ヒクッと痙攣し、そのたびに体の芯が溶けそうなほどの快感が背筋からうなじを駆け上った。

体ごと高い山の頂《いただき》に舞い上げられたみたいな、そんな浮遊感。

自分はいったい、どうなってしまったのか。

「……リディア、達《い》っちゃったの？」

「い、く……？」

「ふふ、そうか。気をやったの、これが初めてなんだね。とても素敵だよ、リディア」

アルフレードがそう言って、ちゅっと額に口づけてくる。

「触れ合って気持ちがよくなって、それがとても強くなると、そんなふうに体が爆《は》ぜるみたいになるのさ。もちろんこれ一度きりじゃない。何度だって達けるよ？」

「何度、も？」

「ああ、そうさ。きみ一人じゃなく、俺と一つになれば、二人でもっとたくさん達ける。抱き合えば抱き合うほど、深く大きな悦びを知ることができるんだ」

「深、く……、大き、な……？」

快感でけぶった意識のまま、アルフレードの言葉を反芻《はんすう》する。

こんなにも凄絶《せいぜつ》な快感なのに、さらにその先があるなんて驚きだ。

でもきっと、それこそが本当の夫婦の営みの正体なのだろうと、うっすらそう思いもする。

何やら甘美な気分で、悦楽の余韻の淵《ふち》をたゆたっていると、やがて体が鎮まっていき、力の抜けた四肢がくたんとシーツに沈み込んだ。

浅く息をしているリディアに、アルフレードが気遣うみたいに訊いてくる。

「落ち着いたかな？」

「た、ぶん」

「じゃあ、もっと先へ行こうか。もう少しだけ、足を開いてみて？」

アルフレードに促され、足を開く。

たっぷりと蜜を滴らせている秘所にまた指を這《は》わせて、アルフレードが言う。

「きみのここを、今から柔らかく開いていくからね。体の力を抜いて、楽にしていて」

「……ん、ぁ……！」

とろりとした孔をくるりと撫でてから、アルフレードがそこに指先を挿入してきたから、思わず小さく叫んだ。

痛かったりはしないのだが、何か少し違和感がある。かすかに眉根を寄せたリディアに、アルフレードが言う。

「痛みがある？」

「いい、え」

「我慢しないでいいからね。俺も、きみの体を傷つけたくはないし」

自分では見られない場所だけに、そう言われるとドキリとするが、蜜で潤んでいるせいか、徐々に違和感は去っていく。

ゆっくりと出し入れしながら、付け根のあたりまで指を沈められても、嫌な感じはまったくなかった。

中を探る指をもう一本増やされても、リディアのそこは柔軟に受け入れていくけれど――。

（一つになる、って、どうやって……？）

指を使ってそこを開かれ、それからどうなるのかと考えても、やはりよくわからない。

深く大きな悦びというのは、いったい……。

「……あ、んっ」

「ん？　ここ、いいところ？」

「い、い？　っあ、ああ、あっ」

アルフレードが蜜筒の中ほどで指を曲げ、お腹の側をつつくように撫でると、腰がビクンと跳ねてしまうような快感が走った。

知らず彼の指をきゅうっと締めつけると、それだけでまたお腹の底に悦びのさざ波が立つ。

ふむ、と何か考えるように、アルフレードが息を一つ吐く。

「リディアの中のいいところは、ここだね？　繋がったらよくしてあげられるように、ちゃんと覚えておかなくちゃ」

「つ、な、がるっ？」

「最初は、少し苦しめてしまうかもしれない。でも俺を信じて。ココで、ちゃんと感じさせてあげるから」

「は、ぁっ、ああ、ああっ」

中で指を動かされ、上ずった声が洩れる。

アルフレードが見つけ出した蜜筒の前壁にあるそこは、指の腹でなぞられるとそのまま達してしまいそうなほどに感じる場所だった。ぬちゅぬちゅと音を立ててかき混ぜられるたび腰が踊り、また愛蜜がとろとろと溢れてくる。

指の付け根のあたりまで濡らすほどに滴ったそれをくちゅりと絡めるようにしながら、アルフレードが中を擦る手の動きを速める。

感じる場所に狙《ねら》いをつけて執拗《しつよう》に擦り上げられたら、リディアのお腹の奥に、先ほどの大きな波がまたドッと溢れてきて……。

「はあっ、あ、あぁあっ……！」

アルフレードの指をきゅうきゅうと何度もきつく締めつけながら、リディアがまた、快楽の頂に達する。

花の芽をもてあそばれて達したときよりも、今度はさらにピークが高く、腰がガクガクと恥ずかしく跳ねる。指を離すまいとするように蜜筒の襞がすがりつくたび、背筋がビンビンとしびれて、上体がシーツの上で大きくのけぞった。

悦びがあまりにも鮮烈なせいか、まなじりが涙で濡れて視界がぼやける。

「リディア、中でも達けたんだね？」

アルフレードがうっとりと言う。

「ああ、すごいよ。リディアのココが、俺の指を可愛く締めつけてくる。こんなふうにされたら、呆気《あっけ》なく終わっちゃいそうだな」

「アル、フレ、ド」

「そうならないように頑張らなくちゃ。妻を愛し尽くすのが、夫の務めだからね」

アルフレードが何を言っているのかよくわからなかったが、彼はどこか艶めいた目をしてリディアを見つめ、それからゆっくりと指を引き抜いた。

ジンジンと熱くなった蜜筒は、それだけでまた小さく達してしまい、名残《なごり》惜しそうにヒクヒクと震え動く。

半ば朦朧《もうろう》としながら顔を見つめ返すと、アルフレードが体を起こし、リディアの両足を開いてその間に腰を入れるように体の位置を動かした。

ふう、と一つ息を吐いて、アルフレードが告げる。

「リディア、今からきみと、一つになるよ？」

「……っ……」

「どうか怖がらないで、俺の愛を、きみの柔らかいココで受け止めて……！」

熱を帯びた声音にビクリとした次の瞬間。

リディアの蜜壺の口に、何か熱いものが押し当てられた。

思わず息をのむと、それはリディアの花びらを押し開き、そのまま刺し貫くように中に侵入してきた。

「……あ、あっ！　ぁあ……！」

経験したことのない質量のものが体内へと入ってくる感覚に、かすれた悲鳴が洩れる。

どうやらそれは、アルフレードの男性の証みたいだ。

信じられないほど熱くて大きい、凶器のようなそれが、リディアの潤んだ蜜口をいっぱいまで押し開き、奥へ奥へと入ってこようとしている。

一つになる、というのが、まさかこういう意味だったなんて思わなかった。

たまらず恐怖を覚え、体がぶるぶると震え始める。

「……やっ、こん、なっ、む、り……！」

「怖がらないで、リディア。きみはちゃんと俺を受け入れてくれてるよ？」

「で、もっ……」

「楽にしてごらん。きみならできる。大丈夫だから」

アルフレードが優しく言って上体を屈《かが》め、口唇を重ねてくる。

ちゅく、ちゅく、と口唇を吸われ、ちゅるりと舌を吸われると、また甘い吐息がこぼれそうになるが、腰を使われて下からじわじわと彼自身を繋がれ、圧入感に冷や汗が出る。

これ以上は無理だと、取り乱して叫んでしまいそうになるけれど。

(アルフレードが、わたしの中に、いる……)

その質量はすさまじいけれど、体を貫く熱塊はアルフレードそのもので、自分たちは今、まさしく一つになっている。

これは神様が認めた夫と妻、二人だけの特別で大切な行為で、こうしている間は本当に二人は一つだ。互いを隔てるものなど何もない、本当に二人だけの混じりけのない行為なのだ。

そう思ったら、怖さを感じながらも不思議と素直に受け止められるような気持ちになってきた。おずおずとアルフレードの広い背中に手を回し、熱い体にしがみつくと、彼がキスをほどいてこちらを見つめた。

「少しずつ、なじんできたね。中が俺を優しく包み込み始めた」

「ア、ル」

「すごいよリディア。俺たちは結ばれてる……、本当に、一つになってるんだねっ」

「あ、あっ」

アルフレードが腰をぐっと揺すり上げたので、思わず小さく声を立てる。

内奥を押し開かれ、お腹を彼でいっぱいにされたみたいな感覚に震えていると、アルフレードがわずかに上体を起こして、ほう、と深いため息をついた。

足の付け根に彼の下腹部が押しつけられているのを感じて、こちらもため息が出る。

彼と隙間なく結ばれ、一つになったのだと実感して、知らずまなじりが濡れる。

「苦しい？」

「大丈、夫」

「きみの中、温かくてとろとろしてる。ずっと夢に見ていたとおりだ」

蕩けそうな笑みを見せて、アルフレードが言う。

「愛してる、リディア。俺は絶対にきみを幸せにする。生涯かけてたくさんの愛を、きみだけに注ぐよ……！」

「っ、あ！　アル、フレードッ、そん、なっ、動い、ちゃっ……！」

リディアを見つめたまま、アルフレードが腰をしなやかに揺らし始めたから、驚いて叫んだ。

指くらいならなんともなくても、ボリュームがまったく違う。挿入されただけでもかなりの負荷なのに、中を擦るように動かれたら、体がみしみしときしむようだ。

行き来するたび奥のほうをズンズンと突かれ、中を破られてしまうのではと不安になるけれど。

「ああ、うぅっ、リディア、リディアっ」

雄でリディアを揺さぶりながら、アルフレードが悩ましげな声で呼びかける。

その眉はキュッとひそめられ、目は細められている。

アルフレードのほうこそどこか苦しいのではないかと、一瞬心配になったけれど、どうやらそうではないようだ。

ゆっくりとリディアの中を出入りするうち、彼の喉からかすかに甘い声が洩れ始める。形のいい額には汗が浮かび、息遣いは徐々に荒くなっていく。

まるで、リディアとの行為に耽溺《たんでき》していくみたいに――――。

「……っぁ、あ！　あ、ぁ……！」

アルフレードがリディアの両足を抱え、雄を挿入する角度を少し変えた途端、お腹の底に快感が広がったから、思わず声を洩らしてしまう。

察したみたいにうなずいて、アルフレードが訊いてくる。

「ここ、さっきのところだね？　こう、かな？」

「ああっ！　ゃ、ああ、ああっ……！」

そこは先ほど指で感じさせられた、内筒のお腹側の場所のようだ。指先で擦られただけで達ってしまうほどに敏感なそこを、大きくて硬い熱棒でズクリズクリと抉《えぐ》るみたいに擦られて、シーツの上を上体が跳ねる。

アルフレードが艶めいた笑みを見せて言う。

「ああ、よかった。きみも、ちゃんと気持ちよくなってきたね？」

「わ、たし、も？」

「俺だけ気持ちよすぎて一人で暴走したりしたら、夫として失格だろう？　けど、最初から一緒に気持ちよくなれるなんて、なかなかないことだって聞いたことがある。もしかしたらものすごく相性がいいのかもしれないね、俺たち！」

「やっ、待ってて っ、激しっ……！　はあっ、ああっ、あああぁっ」

感じる場所をぐいぐいと擦り立てながら、最奥を何度も突き上げられて、視界がゆがむほどの喜悦が全身を駆け抜ける。

華奢な体が壊れてしまいそうなほど激しく揺さぶられるけれど、怖い気持ちも律動に蹴散らされ、ただ悦びだけが体に満ちていく。

結ばれる部分もすっかりなじみ、リディアの中はまたとろりと潤み始めて、アルフレードにぬらぬらと絡みついた。

アルフレードがあっと声を上げて言う。

「くつ、すごいつ、リディアが俺にしがみついてくるっ」

けるう。


「アっ、ルっ！」

「中、すごく熱くなって、俺を離してくれない……、こんなの、俺、もうっ……！」

耐えきれなくなったみたいに、アルフレードがひと際大きな動きでリディアに腰を打ちつける。

力強く最奥を貫かれていくうち、蜜筒全体がうねるみたいに蠢動《しゅんどう》し始めて——。

「ひっ、うぅっ！　アルフ、レードっ、わたし、またっ……！」

「リディア、達きそうっ？」

「う、んっ」

「いいよ、俺も、このまま、達くからっ……！」

「ひぁっ！　ああっ、はぁああっ——」

蜜筒の奥で熱が爆ぜ、三度目の高みへと跳ね飛ばされて、リディアはガクガクと四肢を震わせた。

お腹の底が焼けつきそうなほどの、強烈な快感。もはや意識を保っているのも難しく、かすむ両の目からは涙が溢れてくる。

蜜襞が熱杭をきゅうきゅうと締めつけるたび、めまいがするほどの悦びに襲われる。

リディアが達したのを見届けたみたいに、アルフレードが二度、三度と奥を突いて、やがて小さくうなって動きを止めた。

リディアの両足を抱える手に力を込める。

「く、うっ……」

アルフレードが目を閉じて体を硬直させ、リディアの両足を抱える手に力を込める。

どうやら、彼もあの頂に達したみたいだ。筋肉質な体がぶるり、ぶるりと震え、荒い呼吸でたくましい胸が大きく動いている。

まるで野生の獣みたいに雄々しい姿だ。

「……ぁ、あ……、あなたが、中で、動いてっ……」

リディアと深々と繋がったままの彼自身が中でビンビンと跳ね、そのたびにお腹の奥に何か熱いものが広がる。

彼の想いの証のような、熱いほとばしり。

よくわからないけれど、もしかしてこれが、アルフレードの「愛」――？

「……これで本当に夫婦になれたね、俺たち」

「アルフ、レード」

「愛しているよ、リディア。俺と、一緒に幸せになろうね？」

明るく微笑んで、アルフレードが頬に口づける。

悦びの余韻を感じながら、リディアは目を閉じた。

第二章　王都へ、あなたの妻として

広大な大陸の南部に位置するオルランディ王国――。

東西を高い山脈に挟まれ、北には大きな川が横たわり、南は海に面している。

起源は約二百五十年前の戦乱の時代、一人の英雄と六人の騎士たちによって建国された小国であったが、やがて英雄の血を引く国王を輩出するオルランディ王室を頂点とし、六つの公爵家が王を補佐する、一大王政国家となった。

以来二百年、王国は隣国とのいさかいもなく平和な時代が続いた。いつしか勇壮な騎士たちの末裔《まつえい》も武芸よりも宮廷文化に親しむ貴族階級へと変化し、騎士の地位それ自体も、貴族に劣るものとされるようになっていった。

だが今から五十年前、近隣国家間で戦争が起き、オルランディ王国との国境付近でも繰り返し軍事衝突が起こるようになった。

密《ひそ》かに騎士階級の弱体化を憂い、現状に危機感を覚えていた当時の国王は、紛争鎮圧などで武勲を立てた騎士を新たに「騎士爵」として貴族に準ずる地位を与え、厚遇し始めた。

保守的な旧来の貴族たちは、騎士や騎士爵をいくらか見下しつつも、やがてその力を頼るようになり、今では金銭面での保護や支援をすることによって、表に裏に味方につけようと画策している。

そんな中、今から十七年ほど前、突然の王宮の火災で王族の多くが亡くなり、王家の直系の血筋が途絶えるという事態に陥った。

そういった場合、本来は六公爵家から速やかに新しい王を選ぶ決まりになっているのだが、様々な思惑が絡んで議論が紛糾、一時はあわや内戦の危機とまで言われるほど、公爵家同士の対立が深まってしまった。

しかし、政治が空転しては諸外国につけ入る隙を与える危険がある。

そこで、近隣国家間の戦争が終息に向かうまで、オルランディ王国は当面、六公爵の合議制によって治められることとなったのだった。

◆
◆
◆

どこからか、わあ、とうねりのような声が聞こえる。

たくさんの人が歓声を上げているみたいな声。

ついさっきまで単調な田園風景が続いていて、人けもほとんどなかったのに……。

「……様、リディアお嬢様！」

「え……」

肩を揺さぶられてはっと目を覚ます。

マファルダが目の前にいて、どうしてか興奮したみたいな顔でリディアの肩を揺すっている。

一瞬ここはどこだろうと考えて、生まれ育った地方の町、ブルーナから、王都モルガーナへと向かう馬車の中なのだと気づいた。

国境での紛争鎮圧任務から帰還する王国辺境騎士団の隊列の、負傷者や荷物を運ぶ馬車の列に混ざって、リディアもマファルダとともに王都に行く途中なのだ。

マファルダが声を弾ませて言う。

「今、王都の門をくぐりましたよ、お嬢様。ああいえ、もう奥様とお呼びしなきゃいけないのですわね」

「マファルダ……、ねえ、この声は、何？」

何か夢を見ていたのかと思ったが、外から聞こえている声は現実のようだ。

マファルダが目を輝かせて答える。

「王都の市民たちの声ですわ。辺境騎士団の帰還をお祝いして、一目見ようと沿道に人々が集まっているのですって！」

「そうなの？　でもこの声の大きさ、ただごとじゃ……」

「何千という人々が鈴なりになっていますわ。このカーテンの隙間から、そっと覗いてみてごらんなさいな！」

いつもは貴婦人の行儀作法にうるさいマファルダがそんなことを言うのは意外だったが、好奇心を抱くには十分すぎるほどの歓声だ。

外から姿が見えぬよう気をつけながら、リディアは窓に近づき、カーテンの細い隙間からちらりと外を覗いた。

「……まあ……！」

通りに沿って、今まで見たこともないほどたくさんの人たちがひしめいている。手には旗や布を持ち、楽器や笛を鳴らして帰還を歓迎しているようだ。

王国辺境騎士団というのは、こんなにも市民の尊敬を得ているのか。

「リディア様！　こちらから旦那様の姿が見えますわ！　ほら、ごらんになってっ」

リディアが座っているのとは反対側の窓のほうへ、マファルダが手招きをする。

そちらに身を寄せて外を見てみると。

（アルフレード……）

栗色《くりいろ》の馬にまたがり、甲冑《かっちゅう》をまとったアルフレードが、リディアたちの馬車の斜め横のあたりに見えたので、思わず目を見開いた。

笑顔で沿道に手を振るアルフレードは、誰がどう見ても立派な騎士だ。沿道からもひと際歓声を集めているように見える。

「本当に、お若いのに出《い》で立《た》ちからしてご立派でいらっしゃいますわね。さすが、『辺境騎士団随一の剣士』と、騎士団長様がお褒めになるだけのことはありますわ！」

感嘆したみたいにマファルダが言う。

結婚の事実を知ったときは、なんてことでしょう！　と大げさに嘆いていたのに、今は手放しで絶賛している。状況を受け止める早さに、なんだか笑ってしまいそうだ。

（でも、こうも流れるように話が進むとは、わたしも思わなかったわ）

古城跡での一夜が明けた今朝《けさ》早く、リディアはアルフレードとともに、戦々恐々といったていでガストーニの屋敷に帰宅した。

するとそこには、やや呆然とした顔の父といたって普段どおりのフォリーノ司祭、さらには辺境騎士団の団長、副団長の姿があって、夫婦となった二人を穏やかに出迎えてくれた。

二人の結婚の事実は、夜のうちにフォリーノ司祭から家に伝えられたようだ。

幼なじみとの駆け落ちまがいの結婚なんて嘘であってほしいと、一晩中まんじりともせずリディアの帰りを待っていたマファルダは、その場で卒倒しかけていたが、話を知っていた団長たちは、騎士としてのアルフレードの身分を保証し、二人の結婚の保証人になるつもりで先に屋敷に来てくれたのだった。

中でも騎士団長は、国王不在の現在の王国を王室に代わって治める六公爵の一つ、モンターレ公爵家の血を引いており、リディアの婚約者であったやもめの伯爵との間に立って、婚約破談の後始末もしてくれるとのことだった。

さすがの父も、こうなるともはや結婚に反対などできなかったようで、リディアとマファルダは、帰還する騎士団とともに、そのまま王都モルガーナにあるアルフレードが持つ邸宅に「輿入れ」することになったのだった。

『失礼します、奥様』

馬車の前方についている小窓がコンコンと叩《たた》かれ、声をかけられる。

マファルダが小窓を開けると、御者の隣に座っていた少年がこちらに顔を覗かせた。

アルフレードの従卒を務めている、まだ若干十三歳のルカだ。昨晩、リディアとアルフレードを乗せた馬車を古城跡まで走らせてくれたのも彼だ。

「騎士団の隊列は、このまま王宮へ向かいます。公爵様方への報告等、いくらかお時間がかかりますので、馬車をこのままご自宅に向かわせるようにと、アルフレード様が。よろしいでしょうか?」

「ええ、もちろん、かまいませんわ」

「承知いたしました。では、そのように」

ルカが短く答える。マファルダが窓を閉じて言う。

「旦那様のお住まいは、山の手の貴族屋敷なのだそうですが、どのようなところなのでしょうね？」

「さあ、わからないわ。でも、どんなところであれ、マファルダと一緒でよかったわ」

正直、リディア一人で連れてこられていたら、やはり不安を覚えていただろう。マファルダも一緒に、と提案してくれたアルフレードには感謝している。

マファルダは娘時代、王都のとある貴族の家庭で奉公していたことがあるそうだから、都市部の貴族らしい振る舞いや決まりごとなどについては、リディアはもちろん、リディアの父よりも詳しいかもしれない。

成り行きでここまで来てしまったが、こうなったからには、できるだけ早く王都での暮らしに慣れ、円満な結婚生活を営んでいけるよう努力しなければ。

そんなことを思っていると、馬車が騎士団の列を離れ、街中の道を走り始めた。徐々に喧《けん》噪《そう》が遠のき、町屋敷が並ぶ区画へと入っていく。

窓を覆うカーテンを少しだけ開けると、整備された通りに沿って、立派な邸宅が並んでいるのが見えた。二ブロックほど行くと、レンガの塀が長く続く大きな屋敷の前に差しかかった。

どこまで続くのだろうと思っていたら、しばらくして馬車がゆっくりと止まった。

御者と門番が何かやり取りする声が聞こえ、大きな門が開く。

「まあ……、もしや、このお屋敷がっ？」

マファルダが目を丸くして言う間に、馬車が門を通って敷地の中に入っていく。

高い木々に囲まれた道をそのまましばし進むと、やがてぱあっと視界が開けた。

「……！」

広大な庭と、その向こうにそびえる重厚な建物。

想像していたよりもずっと大きな邸宅に、驚かされてしまう。こんなにも大きな屋敷に自分がこれから住むことになるなんて、まさか思いもしなかった。

マファルダと二人、言葉もなく窓の外を眺めていると、やがて屋敷の車寄せに馬車がすっと止まった。

ルカがうやうやしく扉を開けたので、先に降りたマファルダに手を取られて、リディアも馬車から降りてみると。

（……なんて大きなお屋敷……！）

驚きを隠しきれず、思わずきょろきょろと見回していると、屋敷の玄関から、初老の男性がこちらに向かって歩いてきた。

「ようこそおいでくださいました、リディア奥様、お付き添いのマファルダ様。私は当家執事のムーロと申します」

「執事、さん？」

「ご案内いたします。どうぞ、こちらへ」

ムーロと名乗った執事の男性が言って、二人を屋敷の中へと誘う。

言われるまま、彼のあとに続いて入っていくと、そこは広くて明るいエントランスホールになっており、メイドやフットマンら十人以上の使用人たちが、一列に並んでリディアを出迎えた。

一応は貴族の端くれであるリディアの家だって、こんなにたくさんの使用人を使ってはいない。屋敷も広く、掃除も行き届いていて、まるで上級貴族の家のようだ。

圧倒されているリディアに、ムーロ執事が言う。

「当館は、アルフレード様の亡きお父上であらせられる、オルフィーノ騎士爵閣下が、武勲により前国王陛下より賜ったお屋敷です。今はアルフレード様があとを継いでお住まいになっていらっしゃいますが、アルフレード様はいつもおっしゃっていました。一日も早くリディア様を、この屋敷の女主人として迎えたいと」

「アルフレードが、そんなふうにっ？」

「私どもも、リディア奥様がおいでになる日を心待ちにしておりました。さあ、こちらへ」

石造りの階段を上り、促されてその先にある部屋へと入っていく。

そこは明るいサロンで、大きなテラス窓からは広大な庭が一望できた。

低木が植えられて幾何学模様のようになっている区画や小さな池、色鮮やかな花が咲いている花壇、瀟洒《しょうしゃ》なガゼボ――。

庭は見渡す限りどこまでも続いていて、散策するだけでかなりの時間がかかりそうだ。本当にこんな壮麗な屋敷に、自分は住むのだろうか……。

窓の外の光景に言葉を失っていると、部屋にティーセットを乗せたワゴンが運ばれてきて、リディアとマファルダは眺めのいい窓際に置かれたテーブルに案内された。

「旦那様のご帰宅は夕方になるとうかがっております。旅の疲れもございましょうし、しばしご休息くださいませ。昼食の用意が整いましたら、メイドが食堂へお連れいたしますので」

ムーロ執事が穏やかに言って、サロンを出ていく。

残されたのは紅茶の香りと、焼き菓子のバターの美味しそうな匂いだけだ。

マファルダがおずおずと口を開く。

「……予想以上、でしたわね、リディアお嬢様」

「そ、そうね」

「私が王都でとある貴族屋敷にお仕えしておりましたのは、もう二十五年以上も昔のことですから、騎士爵家というのが、どのような暮らしぶりでいらっしゃるのか、あまり存じ上げませんでしたが……、よもやこれほどとは」

マファルダが声を潜めて言う。

ともかく、アルフレードに早く帰ってきてほしい。

リディアはそう思いながら、落ち着かない気分でお茶を飲み始めた。


庭を吹き抜ける優しい風が、花壇から花の香りを運んでくる。

リディアは広大な庭の片隅にあるガゼボの長椅子に腰かけて、アルフレードの帰りを待っていた。

もうすぐ三時になろうという時間で、日は傾いてきたが、寒いということもない。

ガゼボから見える噴水では小鳥が水浴びをしていて、その可愛らしい鳴き声を聞いているだけでなんだか眠くなってくる。ここでうたた寝したりしたら、さすがに少しみっともないだろうか。

(それにしても、このドレス……、ちょっと豪華すぎないかしらっ?)

あのあと、サロンでお茶をいただきながら所在なく庭を眺めていたら、若いメイドが食堂に案内してくれた。

とても美味しい食事をいただいたあと、今度はマファルダくらいの年代のメイド頭がやってきた。アルフレードから、リディアの湯あみや着替えを手伝うようにと言われているとかで、その指示を仰ぎにきたとのことだった。

ありがたく湯あみをさせてもらい、肌着や下穿きをつけていると、アルフレードがリディアのために用意していたという、見たこともないほど美しい生地で仕立てられた、青色のドレスに着替えるようすすめられた。

たっぷりとしたフリルに、レース使いもとても洒落《しゃれ》ていて、ガラスボタンの装飾までついている本当に豪奢《ごうしゃ》なドレスで、自分が着てもいいのだろうかと少し気後れしてしまったが、せっかく用意してくれたのだからと、リディアはそのドレスをまとって庭でアルフレードを待つことにしたのだ。

マファルダのほうはと言えば、最初こそやや気圧《けお》されていたけれど、長年リディアに仕えてきた乳母として、この屋敷のことはくまなく見て、使用人たちの様子も知っておかなければと意気込んでいたから、今頃あちこち案内してもらっているのだろう。

庭は広く、使用人の姿も見えない。本当にこんな素敵なところで暮らすのだろうか。

「……リディア！」

「あ……」

噴水の向こうからアルフレードがやってきたので、リディアは立ち上がって出迎えた。

アルフレードはもう甲冑を身につけてはおらず、騎士団の隊服を着ていて、腰にはサーベルを下げている。

とても凛々《りり》しい姿に一瞬目を奪われていると、なぜかアルフレードも目を丸くして、リデイアをまじまじと見つめながらゆっくりと歩いてきた。

そうしてガゼボの入り口まで来て、笑みを見せて言う。

「……ああ、とても素敵だ。よく似合っているよ、そのドレス」

「そ、そう？　わたしにはちょっと、豪華すぎない？」

「そんなことないさ！　むしろきみにしか似合わないいんじゃないかな！」

アルフレードがそう言って、甘い声で続ける。

「やっときみをこの屋敷に迎えることができた。なんて素晴らしいんだろう！」

「アルフレード……」

「俺は幸せだよ、リディア。こんなにいい気分なの、生まれて初めてだ……！」

「きゃっ？　ちょっ、アルフレードっ？」

いきなりアルフレードが、リディアの細い腰をひょいと両手で抱いて体を持ち上げ、楽しげにくるくると回り始める。

まるで子供のようにはしゃいだ様子のアルフレードは、七年前に別れた幼なじみの少年そのままだ。騎士団随一の剣士などと呼ばれているなんて思えない。

あの頃の少年が体だけが大きくなってしまったみたいで、少し微笑ましい気持ちになっていると、やがてアルフレードが回るのをやめ、リディアを横抱きにしながらガゼボの長椅子に座った。

そうして膝の上にリディアを座らせて、ごく間近で目を見つめてきたから、ドキリと心拍が跳ねた。

感慨深げな目をして、アルフレードが言う。

「今日からは、ここが俺たち二人の家だ。幸せに暮らそう。死が二人を分かつまで」

「アル……、あっ……」

そっと口唇を合わせられ、力強い腕でギュッと体を抱き締められて、胸がドキドキしてしまう。

昨日の晩、新婚の褥でリディアの体のあちこちに口づけた、彼の熱い口唇。

リディアに触れ、一つに繋がって何度も悦びの頂へと導いた、どこまでも強くたくましい肉体――――。

こうしてキスされ、抱き締められると、この身に刻みつけられた彼という存在の大きさを感じ、自分は本当に彼と結婚したのだと、改めて実感する。

「……このドレスの色はね、指輪のサファイアと同じ色なんだよ？」

彼の膝の上に座ったまま胸にもたれかかり、腕の中でうっとりしていると、アルフレードがささやくように言った。

「亡くなった父が、未来の花嫁のためにと用意しておいてくれた大切な生地で、このドレスは仕立てられているんだ。だからこれはきみにしか似合わない。きみだけのドレスなのさ」

「わたし、だけの……？」

そんな思いが詰まったドレスだったなんて、思いもしなかった。

これもまたアルフレードがリディアを真剣に想い、結婚を切望していたことの証のようにも思える。

でもあまりにも急な結婚だったから、まだリディアは心が追いつかないままだ。戸惑う気持ちのままにリディアは言った。

「アルフレード、その……、わたしのこと、いつから好きでいてくれたの？」

「んー？　さあ、そうだなぁ、いつだろう」

アルフレードが記憶をたぐるみたいに視線を浮かせる。

「最初にフォリーノ司祭のところに引き取られたときには、今みたいにリディアと普通に話したりはできなかったよね？」

「ええと、そういえば、そうだったわね？　あなたはすごく物静かな男の子だったわ」

確かリディアが十歳の頃だったから、アルフレードは八歳くらいだったか。

教会で初めて顔を合わせたアルフレードは、あまり感情の起伏が見えない子供だった。

突然難しい政治の話をしたり、どこの言葉かわからない言語の詩を暗唱したりするなど、少し変わったところもあって、周りの大人たちが「気難しい子だ」と話していたのを聞いた覚えもある。

フォリーノ司祭によれば、教会に来る前は母方の親戚の家を転々としていたとかで、同じくらいの年齢の子供との接し方がよくわからないので、なるべく根気強く穏やかに接してほしいと言われたのを覚えている。

「最初は近所の男の子たちとも打ち解けていなかったし、何を見ても笑わない子だ、なんて言われていたわね？」

「はは、そうだった。一緒にふざけないし、つまらない奴だって言われてなかなか友達もできなくて。けど、リディアはいつも話しかけてくれたでしょう？」

「なんとなく、放っておけない気がしたの。わたしはきょうだいがいないから、あなたを可愛い弟のように思っていたのかもしれないわ」

そう言うと、アルフレードが懐かしそうな顔を見せた。

「リディアは貴族令嬢ぶったりしなかったし、とっても優しかったよね。だから俺も、最初は姉みたいに思ってた。お菓子作りなんかも得意だったでしょう？　干した果物とか木の実とかがたくさん入った美味しいケーキを、自分で焼いて持ってきてくれてさ」

「ケーキ……？」

そういえば、昔はそんなことをしていたような気がする。

貴族の令嬢が自ら菓子を焼くようなことはあまりよろしくないと言われていたけれど、アルフレードはもちろん、ほかの遊び友達にも食べてもらうのが楽しみで、たびたび厨房《ちゅうぼう》に入って焼いていた。

「あちこち探したんだけど、ああいう感じのケーキ、王都にはないんだよ。材料が何か特別なのかな？」

「そうかもしれないわ。うちのコック長の出身国でよく使われているスパイスを、少しだけ混ぜていたから。ちょっと変わった香りがしたでしょう？」

「そう言われてみればそうだった！　ようやく謎が解けたよ。じゃあそれがあれば、またあのケーキを焼いてもらえるのかな？」

「そうね、できるんじゃないかしら」

「やった！　時間があるときでいい。ぜひお願いするよ、リディア！」

そう言ってアルフレードが、また少年みたいな顔をして笑う。

それからふと真摯な表情を見せて、言葉を続ける。

「あの頃は、本当に毎日がすごく楽しくて。ずっと子供のままでいたいなって、そう思っていた頃もあった。でもきみは修道院へ、俺は王都へ行くことになって。そのときに悟ったんだ。俺は大人になってもリディアと一緒にいたい。リディアと生涯をともにしたい、ってね」

「アルフレード……」

「だから、こっちに来てからは毎日必死だった。きみに見合う男になりたい、強くて誰にも負けない、立派な騎士にならなきゃって。念願叶って辺境騎士団に入団して、武勲を立ててこうしてきみを娶《めと》ることができて、俺は本当に幸せ者だよ！」

アルフレードがそんなにも深く、強い気持ちで、王都での毎日を過ごしていたなんて。

女として、妻として、これほど嬉しいことはない。

父に対しては申し訳ない気持ちもあるが、アルフレードもそれはわかってくれていて、リディアの夫としてガストーニの家や領地への援助は惜しまないつもりだと、早速様々な支援の手配をしてくれた。

結果的には、これ以上ないほどよい縁談だったと言えるだろう。

（あとはわたしが、ここでの暮らしに慣れていくだけね）

それはもう、時間が解決してくれるのを待つしかないのかもしれない。

アルフレードが探るみたいに訊いてくる。

「リディア、やっぱりまだ、何か心配？」

「……いいえ、もう大丈夫。ただ王都での暮らしは初めてだから、そこは少しだけ」

「ここでの生活は、たぶんガストーニのお屋敷とそんなに変わらないと思うよ。すぐに慣れて、快適に暮らせると思う」

アルフレードが言って、ためらいながらも続ける。

「あとは、そう……、きみの、気持ちだけど」

「……それは……」

「わかってる。俺は焦らないから、大丈夫だよ」

そう言って、アルフレードが真っ直ぐにこちらを見つめてくる。

「でも、これだけは言わせて。俺はもう『可愛い弟』じゃない。きみの夫だ」

「ア、ル」

「きみを永遠に愛し続けると、神様の前で誓った。だから俺を信じて、ゆっくり時間をかけて好きになってくれればいい。愛情なら、いくらでも注いであげるから」

「んン……」

そっと口づけられて、頬が熱くなる。

先ほどよりも、今度は少し熱を帯びたキスだ。昨日の晩の熱い行為を思い出して、ドキドキする。

結婚したのだから、これからもああいうことをするのだ。まだ屋敷の中をちゃんと見ていないけれど、二人の寝室というのもどこかにあるはずで……。

「……っ？　ん、んっ……？」

キスをしたまま、アルフレードがドレスの上からさわさわとリディアの体を撫で始めたので、驚いて目を見開いた。

これ以上ないくらい間近でこちらを見つめるアルフレードの黒い瞳は、濡れたように輝いている。

思わず魅入られてしまっていると、アルフレードが膝の上に座るリディアのスカートの中に手を入れて、足をそっと撫でてきた。

慌てて口唇を離して、リディアは言った。

「ア、ルっ、ちょ、と、こんなとこで、何をっ」

「ん？　なんだと思う？」

「な……、んんっ」

からかうような目をして、アルフレードがまた口づけてくる。

逃れようとしたけれど、左腕で腰を抱かれて引き寄せられ、口唇にきつく吸いつかれて、キスを深められる。

そうしながら右の手で下穿きの上から腿を撫でられたから、喉から吐息がこぼれた。

まさかここで、昨日のようなことを……？

「……だ、駄目よっ、アルフレード」

「どうして？」

「だってこんな、お外でっ……」

「ここは俺たちの家、二人の楽園だよ。どこでだって、愛し合えるさ」

「待っ……、ぁ、んふ……」

制止しようとしたけれど、口唇をぷるんと吸われ、舌で口腔を舐められただけで、体の芯がとろりと潤んだのがわかった。

上顎や舌裏をぬるりとなぞられ、浮き上がった舌をちゅる、ちゅる、と吸われたら、早くも頭の中がけぶってきてしまう。

次第に腰に力が入らなくなってきたから、よろよろと頼りなくアルフレードの胸に身を預けると、彼の右手がそろそろと下穿きの中に忍び込んできた。

「ん、ふっ……」

温かく大きな彼の手が、リディアの合わさった内腿の間に入り込み、その付け根にある茂みに触れる。

柔らかいそれを優しく撫でられると、それだけでお腹の底がジンと熱くなった。腿との間にできた小さな隙間に、アルフレードがするりと指を挿《さ》し入れてくる。

「あ、んっ！　ふ、うぅっ……」

探るみたいに指を動かして、アルフレードが花の芽を見つける。

ベールがかかったそれをクニクニともてあそばれただけで、背筋にビンビンとしびれが走り、足がぶるぶると震えてしまった。

ちゅっと音を立ててキスをほどいて、アルフレードが言う。

「ここ、昨日もとても感じていたね？」

「きみの中で、たぶんここが一番敏感な場所なんじゃないかな?」

「そ、なことっ」

「あっ、ぁああ、んっ」

指先でベールをはがされ、花芽の先を指の腹で転がされて、上体がはしたなく跳ねた。

アルフレードの言うとおり、そこは本当にどこよりも敏感だ。触れられただけで意識が飛んでしまいそうなほどの喜悦が、頭のてっぺんからつま先までびりびりと激しく駆け抜ける。

でも、外で声を発してしまうのはさすがに恥ずかしい。

手で口を押さえてこらえようとすると、アルフレードがふふっと笑って、指を小刻みに動かしてさらにそこを刺激してきた。

そんなふうにされたら、また昨日みたいに高いところに飛ばされてしまいそうだ。

「だっ! 駄、目っ……! そ、なっ!」

たまらず首を横に振って拒絶を放ってみたが、アルフレードは指の動きを止めてはくれない。

腰をよじって逃れようとしても、左腕でがっちりつかまえられていてはどうにもならなかった。自分では止められぬまま、やがて、お腹の底に頂の兆しが押し寄せてきて——。

「つ、ふ……、ん、つん……!」

ガクガクと身を震わせて、悦びの高みを極める。

アルフレードの膝の上でお尻が何度も跳ねるのが、本当に恥ずかしくてたまらないのだけれど、彼はとても嬉しそうな顔でリディアを眺めている。

そんな目で見つめられたらこちらはますます羞恥を覚え、いたたまれない気持ちになるというのに。

「……こ、なっ、ひどいわ、アルフレードっ……」

全身を流れていった快楽の荒波が余韻を残して去ってから、リディアはいくらか恨めしい気持ちでアルフレードに抗議した。

アルフレードが悪びれる様子もなく言う。

「どうして。きみの達く姿は、とても愛らしいよ？」

「そんな、ことっ」

「昨日はほら、ろうそくの薄明かりの中だったじゃないか？　でもここでならよく見える。俺はたくさん見たいんだよ、きみの可愛い姿をね」

「っ、あ！　アルフ、レードっ」

リディアの花芽をなぞっていたアルフレードの指が、さらに茂みの奥、花びらの中へと這い下りる。

そこはもう蜜でたっぷりと濡れていて、指が動くたびくちゅくちゅと淫靡な水音が立った。

外で触れられて達かされるなんて、とても恥ずかしいことだと思っているのに、こんなにも感じて濡れてしまうなんて。

「……そういえばね、リディア。さっき騎士団長殿が王宮に報告に行ったときに、今回の遠征での俺の活躍を、六公爵様方に話してくれたんだ」

リディアの花びらの中をゆるゆると指先でかき混ぜながら、アルフレードが言う。

「そうしたら、モンターレ公爵が……、ああ、モンターレ公爵は、騎士としての俺をとても買ってくれている方なんだけど、俺に騎士爵位を授けたらどうかって、そう言ってくれたらしくてね」

「騎士爵、に？」

どうやら、リディアの部屋で話していたとおりになったようだ。アルフレードがうなずいて続ける。

「騎士爵位は基本的に一代限りのものなんだけど、偉大な騎士だった父の初代オルフィーノ騎士爵に敬意を表して、その爵位を継いではどうかと言われてね」

「騎士爵位を、継ぐ……」

「とてもいい話だと思ったから、謹《つつし》んでお受けしてきたよ。だからリディアは、これからは第二代オルフィーノ騎士爵夫人だ。もちろん貴族の夫人とは違うわけだけど、なかなか悪くない響きだろう？」

元々地方領主の家の出で、子供時代は平民の子供たちとも気軽に遊んでいたリディアだ。

貴族ではないアルフレードと結婚したことで、自分の身分がどうなるのかについては、さほど気にしてはいなかった。

でもアルフレードの妻として対外的にそう呼ばれるのは、彼と何か一つ、確かな関係を築いている証のような感じがして、悪くない気がする。

アルフレードが楽しげに続ける。

「あとね、明日から五日ほど特別に休暇をもらったよ。長年想い続けてきた愛しい新妻と、熱い時間を過ごしてこいってさ」

「熱い、時間……？　あっ、ちょっ、もう、アルフ、レードったらっ……」

アルフレードがリディアの秘所をなぞる指を蜜壺の中にまで滑らせてきたから、ビクビクと腰が震えた。

達かされたばかりで体が火照っているのか、リディアの中は熱く、滴る愛蜜も温かい。アルフレードの長い指がくぷ、くぷ、と音を立てて出入りするたび、とろとろと止めどなく溢れてくる。

中をまさぐる指を二本に増やされ、指の腹をそろえて感じる場所をなぞられたら、快感で思考が散漫になってきた。

もう、こうなってしまうとどうしたらいいのかわからない。潤んだ目ですがるように顔を見つめると、アルフレードがうっとりと言った。

「すごく可愛い顔をしているよ、リディア。そんな顔されたら、もっと気持ちよくさせたくなっちゃうよ！」

「アル、フっ……」

アルフレードにきつく抱き寄せられ、荒々しくむさぼるみたいに口づけられて、クラクラとめまいを覚える。

ぬちゅぬちゅと水音を立てて指を抽挿《ちゅうそう》しながら、舌を絡めて口唇を吸い立ててくるアルフレードは、まるでリディアを悦びの虜《とりこ》にでもしようとしているかのようだ。

このまま彼の手で何度も愉楽を植えつけられたら、自分はいったいどうなってしまうのだろうとおののきを覚えるけれど、与えられる刺激で体はどんどん昂《たか》ぶっていく。

的確すぎる愛撫《あいぶ》に導かれて、また体の芯を稲妻みたいな悦びが駆け抜けて――――。

「っ、んっ……、ぅふ、うう……！」

アルフレードの指をきゅうきゅうと何度もきつく締めつけて、再びの飛躍を味わう。

口唇を離してリディアを見つめて、アルフレードが告げる。

「……最高に可愛いよ、リディア。続きは、寝室でしようね」

快楽に震えるリディアの体を抱き上げて、アルフレードが歩き出す。

身も心もふわふわと浮遊していくのを感じながら、リディアはアルフレードの胸に頬を寄せていた。

第三章　恋とはどんなものかしら

王都での生活は、そんなふうに甘やかに始まった。

アルフレードが休暇をもらった五日間は、朝は二人で遅い時間までベッドから出ず、四六時中むつみ合って過ごしていたが、それが明けるとアルフレードは騎士爵の位を賜り、同時に王国辺境騎士団の分隊長に昇進した。

二十歳という年齢では異例の出世だが、彼の騎士としての実力は本物で、誰も異論を唱える者はいなかったらしい。国境紛争鎮圧任務を終えたばかりということで、アルフレードはしばし王都に留《とど》まり、騎士としての鍛錬にいそしむ傍ら、訓練所で騎士見習いに剣技を教える仕事などを任されることとなった。

リディアのほうもじきに屋敷での暮らしに慣れたものの、家に使用人がたくさんいることもあり、メイド頭に細々とした指示を出してしまうと、日中はそれほどすることもなかった。

一応は貴婦人らしく、音楽や詩歌を楽しんだり、好きな読書をしたりしているけれど、それだけだと何かしっくりこない。そこで、アルフレードが食べたいと言っていた菓子を焼くべく街から材料やスパイスを取り寄せ、手ずから焼いてふるまうことにした。

最初は少し呆《あき》れ気味だったマファルダも、リディアはそういうことが性に合っているのだろうと、今ではしたいようにさせてくれている。

毎日の夕刻、アルフレードが帰宅すれば、二人でゆっくりと晩餐《ばんさん》を楽しむ。

そして夜が更ければ、ますますリディアへの愛を深めている様子のアルフレードに、ベッドでとことん愛されるのだ。

アルフレードがもはや『可愛い弟』ではなく、自分の夫であることを、リディアは日々確かに実感していた。

そんなふうに至って穏やかで、なんの憂いもない毎日が、ふた月ほど過ぎたある日のこと――。

「勝負あり！　勝者、モレリ卿《きょう》！」

鋭い声とともに、わあ、と大きな歓声が上がる。

「さすがですわぁ」

「勇壮ですわねえ！」

貴婦人たちも感嘆したように言って、勝者に惜しみない拍手を送る。

王都の中心部にある大きな闘技場。

リディアはマファルダとともに、馬上槍試合を観戦しに来ている。

騎士や貴族の子弟が多く出場する馬上槍試合は、王都ではとても人気のある催し物で、かつては集団同士での模擬戦闘が主だったらしいが、現在では個人同士の一騎打ちの試合が行われている。

「リディア奥様、旦那様ですわ！」

甲冑をまとって馬場に出てきたアルフレードを見つけて、マファルダが小声で言う。

今日の試合形式は勝ち抜き戦、今終わったばかりの試合が三位決定戦で、ここまで負けなしのアルフレードは、今から決勝戦に挑むところだ。

マスクをつけていて顔は見えないが、彼の登場で歓声がひと際大きくなった。

元々人気があったらしいのだが、先日の遠征から帰還して騎士爵となって以来、ますます応援する声が大きくなったのだという。

歓声に応えるように、アルフレードが観客席に手を振りながら馬場を一周し、最後に正面の貴賓席の前で止まってうやうやしく挨拶をする。

そこは王族に次いで位の高い貴族のための席なのだが、今日は王国を統治する六公爵のうち、ザネッティ公爵とモンターレ公爵が観覧のために出席している。

マファルダがひそひそと説明する。

「そうそう、リディア奥様。わたくし先ほど確認してきましたわ。あちらのお髭《ひげ》の公爵様が、王国六公爵会議議長であらせられる、ザネッティ公ニコラ様。そしてもうお一人のお若い方が、モンターレ公ロランド様でいらっしゃるそうです」

「そう、あの方が、モンターレ公爵様なのね……」

アルフレードをとても買ってくれて、騎士爵にと推してくれたモンターレ公爵。

彼はまだ三十代後半、六公爵の中ではもっとも若いのだが、十二年ほど前に先代当主が亡くなって爵位を継ぐまでは、諸外国を旅して見聞を広めていたとかで、博識な外交通だという話だ。

辺境騎士団の団長は従弟《いとこ》に当たるそうで、アルフレードとリディアの結婚のいきさつも彼はよく知っている。リディアとの婚約が破談になった例のやもめの伯爵には、身分や年齢、性格が合う新しい婚約者を、公爵自ら紹介してくれたらしい。

リディアが生まれ育ったガストーニ子爵家の領地も、古くはモンターレ公爵領から賜った土地なので、何かと縁のある公爵だと言える。

アルフレードに目を移すと、やがて決勝戦の対戦相手も入場してきた。

観客の興奮も最高潮に達する。

「――――始め！」

かけ声がかかるや否や、アルフレードが馬を駆って相手に向かって突進していく。

武器は穂先を鈍くしてあるランスで、相手を突いて落馬させれば勝ちとなるのだが、アルフレードはここまでの試合、ほとんどすべて最初の一撃で勝利してきた。

今回もすぐに決めるかと思ったが、さすがに相手も決勝戦まで勝ち上がってきただけのことはあり、アルフレードをひらりとかわし、反撃に出る。

アルフレードもそれを予想していたように、ランスを振って防御する。

（……アルフレード、本当にすごいわ！）

軽やかに馬を駆り、蜂の一刺しのようにランスを振るう、アルフレードの迫力のある戦いぶりに、思わずため息が洩れる。

ブルーナで暮らしていた少年時代、アルフレードは元見習い騎士で炭焼き職人のダンテから、密かに剣や槍の技を学んでいた。

こちらに来てからは、彼の父親で、騎士として多くの武勲を残したオルフィーノ騎士爵の元で厳しい修業に励んだのだという。

その成果があって、彼は騎士爵位を賜り、弱冠二十歳にして王国辺境騎士団の分隊長にもなった。リディアに求婚するため、という理由もあっただろうが、彼が努力して今の地位と実力を勝ち取ったのは、もちろんそのためだけではないとわかっている。

誰より強くなって、リディアも王国も守れる騎士になりたい。

それこそが、彼の夢なのだろう。

（本当に、強くなったのね）

しみじみと嬉しく思いながら、アルフレードを見ていると――――。

「……ちっ、何が騎士爵様だ」

「まったくだ。貴族でもないくせに、ちやほやされていい気になりやがって！」

「下層民は下層民らしくしてればいいんだっ」

三人の青年たちが、リディアのいる観客席の傍の通路を通り抜けながら、そんなことをぶつぶつと口にしているのが耳に届いた。

マファルダにも聞こえたようで、まあ、と小声でつぶやいて眉をひそめる。

男たちは身なりがよく、体型的にも試合に出ている騎士や兵士ほど鍛えているふうではない。

どうやら彼らは、貴族の子弟のようだ。苦々しい顔でアルフレードを見ている。

一部の貴族の中には、騎士や騎士爵を見下している者がいるというのはリディアも知っている。彼らもそうなのだろうか。

なんとなく気になって見ていると、彼らはひそひそと何か話しながら、客席の上のほうへと上っていった。

しばし見ていると、わっと歓声が上がったので、慌てて闘技場に目を戻した。

「勝者、オルフィーノ卿!」

ひと際高い歓声と拍手とが沸き起こる。

その瞬間を見ていなかったのは惜しいが、アルフレードの勝利は嬉しいことだ。

アルフレードが公爵たちの前に近づいてマスクを取ると、モンターレ公爵が祝福の言葉をかけた。

興奮冷めやらぬ中、馬上槍試合の閉会が宣言され、貴賓席から公爵たちが退場していく。

「旦那様、さすがでしたわね！」

観客席からもばらばらと観客が退場し始めた中、マファルダが嬉しそうに言って、先ほどの貴族の青年たちをちらりと見る。

青年たちは面白くなさそうな顔で何か言い合って、それからまたひそひそと話し、闘技場に目を向ける。

すると馬場に、甲冑をまとって馬にまたがった青年が一人入ってきた。

それまでの試合に出てきた騎士たちのものと違い、甲冑がピカピカと輝く新品のように見える。おそらくは貴族の子弟だろう。もしかしたら、観客席にいる貴族の青年たちの友人だろうか。勝者のアルフレードに、手合わせをと願い出ているようだ。

武芸を嗜《たしな》む貴族の子弟が、日頃の鍛錬の成果を披露するために騎士に相手を頼む、というのは、こうした場ではよくあることのようだ。

申し出を受け入れたのか、アルフレードがまたマスクをかぶる。

「近くまで行って見てみませんか、リディア様」

もう試合も終わり、観客も少なくなったので、マファルダがそう言って闘技場の観客席の階段を下り始める。リディアもあとに続き、最前列まで下りると、馬場は間近だった。

「始め！」

かけ声とともに、青年が馬を駆って、アルフレードに向かっていく。

『やあ、やあ！』

マスクの中で威勢のいい声を上げて、青年がアルフレードに槍を向ける。

だがその腕前は素人目《しろうとめ》にもわかるくらい拙《つたな》く、攻撃はなかなか届かない。

というより、ひらひらといなされているようだ。

（アルフレード……、ほとんど動いていないわ）

先ほどよりも間近で見ると、アルフレードはとても繊細な手綱さばきで、馬を無駄に動き回らせることなく戦っているのがわかる。

槍の振るい方も同じで、相手をよく見て最小限の動きであしらっている。

貴族の青年が徐々に苛立《いらだ》って、雑で乱暴な動きになっていく。

『……お、おのれ、騎士のくせに、卑怯《ひきょう》なっ』

『卑怯？』

『騎士ならっ、正々堂々、正面から、戦えっ』

青年が息を切らしながら、マスクの下でみっともなく叫んだので、わずかに残った観客から失笑が上がる。

思いどおりにならないことに腹が立ったのかもしれないが、言うに事欠いて卑怯だなんて。

『……いいでしょう。では、遠慮なくいかせてもらいましょうか！』

るった。

マスクの下からアルフレードの快活な声が聞こえたと思ったら、彼がいきなり槍を高く振るった。

そうして真っ直ぐに貴族の青年に向かい、激しく穂先を突き込み始める。

「まあ……！」

それまでの穏やかさが嘘のような猛攻に、思わず声が洩れた。

先ほどの試合のときと同じ、緩急のある力強い動きだ。

青年は防戦一方で、攻撃を繰り出すこともできないまま、やがて防ぎきれずに鎧《よろい》に穂先が当たり始める。

馬上槍試合は相手を落馬させたら勝利だ。もはや勝敗は決したと思われたのだけれど……。

『……！』

アルフレードが不意にマスクをした顔を貴族の青年からそらし、槍を引く。

どうしたのだろうと思い注視していると、彼はその後も何度か同じように顔を背けた。

よく見てみると、どうも顔に何かの光が反射して眩《まぶ》しく感じているようだ。

でも、いったいなんの光が当たって……？

「……あれは……、さっきの人たち……？」

光が差してくるほう、観客席の上を振り返って見ると、先ほどの三人の青年たちがいた。

その手には鏡のようなものを持っていて、日の光を反射させてアルフレードの顔に当て、動きを妨害をしているようだ。

思わず抗議しようとしたそのとき、観客からおお、という声が上がった。

（……アルフレード！）

目を眩《くら》まされているアルフレードを、貴族の青年が横合いから槍で突いたので、アルフレードがよろりとよろける。

瞬時に体勢を戻そうとしたように見えたアルフレードだが、馬同士がぶつかりそうになったためか、そのまま馬場に槍を突き、あっさりと馬から飛び下りた。

慌てたように、審判役が声を発する。

「……っ、しょ、勝負あり！」

元々試合ではないうえに、貴族の趣味程度の実力で差は明らか、アルフレードが自ら飛び下りたのも明白だったせいか、ぱらぱらと白けた拍手が上がる。

だが貴族の青年はマスクを取り、得意げな顔で会釈を返す。

よくもそんな顔ができるものだ。あんなずるい手を使ってまで勝って、それでも嬉しいものなのだろうか。

「お見事！　恐れ入りました！」

アルフレードがマスクを取って、よく通る声で慇懃《いんぎん》にそう言う。

不正をされて負けを認めるなんて、何を言っているのだろうと一瞬思ったが、観客席からは笑いが洩れる。

勝敗はともかく、貴族相手に程よく手加減したと、皆そうわかっているようだ。

さすがに小馬鹿にされていると感じたのか、青年が気分を害したように客席をにらみつける。それからアルフレードに、嘲るみたいに言う。

「フン、騎士爵か。僕を馬鹿にしてるみたいだけど、そもそも騎士なんて、元々下層階級の出の者ばかりじゃないか！」

「は、おっしゃるとおりで。貴族のあなた様には敵《かな》いませんとも！」

どこか当てつけるようなアルフレードの答えに、観客席からはまた笑いが起こる。青年が顔を真っ赤にして叫ぶ。

「っ！　わ、わかってるなら、そうやって分を弁《わきま》えて地べたを這いつくばっていろ！　下賤な生まれの騎士め！」

言い捨てて、貴族の青年が馬を駆り、逃げるように馬場を去る。

どこまでも傲慢《ごうまん》な青年。王都の貴族の子弟とはあんなものなのか。

リディアは腹立たしくも情けない気分で、青年の後ろ姿を見送っていた。

「ん〜、美味《うま》い！　やっぱりリディアが焼いてくれたケーキは最高だよ！」

「そう言ってくれるのは嬉しいけど、立ったまま食べるなんてちょっとお行儀が悪いわ、アルフレード」

「あっ、うん、そうだね。とても美味しいものだから、つい……！」

屋敷に帰宅し、手洗い水で手を洗うなり、アルフレードがリディアのケーキを食べたいと言ったので、リディアは昨日焼いておいたケーキを自ら彼の部屋まで運んだ。

アルフレードはまとっていた隊服の上着だけ脱いでいたが、ちゃんと着替えもしないうちからひょいひょいと三切れも食べるなんて、よほどお腹がすいていたのだろうか。

二人で並んで長椅子に腰かけ、皿から四切れ目を拾い上げながら、アルフレードがため息交じりに言う。

「それにしても、ろくでもないものを見せてしまったね、リディア」

「？　なんのこと？」

「さっきの手合わせのことさ。試合に勝ってすっきり終わりにしたかったけど、貴族様に手合わせを頼まれちゃったら、お断りするのも難しくて。あんなふうに負けちゃって、恥ずかしいよ」

アルフレードがすまなそうに言うので、リディアは首を横に振って言った。

「そんな、気にしないでアルフレード。あなたは堂々としていたわ。それにあれは負けじゃない。あんな卑怯なやり方で勝ったって、そんなのは勝利とは言えないでしょう？」

「卑怯、って……、ああ、もしかしてリディアも光に気づいてた？　あれ、結構眩しいんだよねぇ」

ははは、と声を立てて笑って、アルフレードが続ける。ああいうことをされるのは初めてではないのだろうか。

「あれは、よくあることなの？」

「まあね。もちろん正式な試合の間はないけど。とはいえ、実戦では何があるかわからないわけだし、負けの言い訳にするつもりはないよ」

アルフレードが言って、苦笑する。

「でも、そうだな。ある意味ああやって妨害されたからこそ、こっちもあそこで勝負を下りようって気になった。それは確かかな」

「どういうこと？」

「俺は騎士だからね。少なくとも途中までは、彼が貴族だろうと手加減する気なんて少しもなかった。けどあれじゃ、真面目《まじめ》に取り合うのも馬鹿馬鹿しいだろ？　ちょっと揶揄《やゆ》するみたいなことを言ったのは、俺も大人げなかったかなって思ってるけどね」

「アルフレード……」

騎士、そして騎士爵としての矜持《きょうじ》が感じられるアルフレードの言葉に、貴族と騎士との微妙な関係が垣間《かいま》見《み》える。

アルフレードが思案げに言う。

「長く平和な時代の繁栄を担ってきた貴族と、今の時代に必要な力を持った騎士。本当はどちらが上だとかそういう関係じゃないはずなのに、対立してしまっているんだよね。お互いがお互いに、心の中で相手を見下したりしてさ」

「貴族がそうなのはわかるけど、騎士が、貴族をそんなふうに？」

「この国は元々勇者と六人の騎士たちが建国した国だ。でもさっきの彼の馬上槍さばきを見たら、誰が見ても実戦ではなんの役にも立たないってわかるだろ？ 勇壮な騎士たちの末裔があんな軟弱な貴族になってしまったなんて、って、そこそこ実力のある騎士ならみんなそう思って嘆いてる。そういう意味では、お互い様なのさ」

そう言ってアルフレードが、いつになく真剣な目をする。

「だけど、本当はそれじゃ駄目なんだ。貴族文化と騎士道、それはこの国の政治と武力の象徴でもある。その両輪があってこそ、この国は盤石な体制を保っていける。どちらかだけが強くても、どちらかが欠けても、他国につけ入る隙を与えてしまうことになるんだ。リディアもそう思わないかい？」

「えっ、と……？」

男性同士の政治談議みたいな話をいきなり振られたので、驚いてしまう。

知り合ったばかりの子供の頃も、アルフレードはときどきそんなふうに周りの人たちに政治の話をして驚かれたりしていた。

リディアはそういうことにはぜんぜん詳しくなかったし、家で父にそんな話をされたこともなかった。その後暮らしていた修道院も浮世離れした世界だったので、正直、今でもそれほど世の中のことがわかってはいない。

でも、アルフレードが言っていることは正しいと思うし、一つの国の中で考え方の違う人たちが対立するのはよくないことだと思える。リディアはうなずいて答えた。

「そうね。わたしも、そう思うわ」

「でしょう？　国内が不安定な情勢で、もしも他国に攻め入られるようなことになったら、この国の未来が危険にさらされる。勇者と騎士たちが築き大切に守ってきた国、俺たちが暮らすこの国が、滅びの危機に瀕《ひん》することになってしまう。それは、なんとしても避けなければならないことだ。騎士として、この命に代えてもね」

（……アルフレード……、そんなことを考えて……？）

まるで世界を見通すかのような澄んだ真っ直ぐな目で、アルフレードがそんなことを言うので、思いがけずドキリとさせられた。

リディアの前ではときに子供のような顔を見せ、美味しそうに菓子を食べる姿も甘く愛を語る表情も、二十歳の若者そのものといった雰囲気なのに、彼は騎士として、こんなふうに真剣に国の将来を憂いているのだ。

騎士爵の位を賜ったからか、それとも男性ならば皆そうなのか、リディアにはわからないけれど、アルフレードの横顔には大人の男性の力強さ、頼もしさが覗いている。

それがリディアには少し眩しい。アルフレードは、本当にもう年下の弟のような存在ではないのだと感じて、なんだか胸が高鳴ってくる。

「どうしたら、いさかいごとを避けることができるのかしら？」

彼の思索の邪魔をしてしまうのでは、とかすかにためらいを覚えながらも、アルフレードの言葉をもっと聞きたくて、おずおずとそう口にする。

アルフレードはふむ、とひと呼吸考えて、それから短く答えた。

「王による統治の復活じゃないかな、やっぱり」

「王様？」

「ああ。貴族と騎士の対立、あるいは貴族同士の微妙な軋轢《あつれき》。すべて一度に、というのは難しいだろうけど、王がきちんと国を治めることで解決することは、必ずあるはずだ」

「でも、王様は何年も前にいなくなってしまったわ」

「そう、この国には今、王はいないね。でも、ずっと六公爵の合議制が続くわけでもない。いずれときが来れば、また必ず王が立つ。この国を正しく導く、王が……」

どこか遠くを見るような顔をしながら、アルフレードがまたケーキを口にし、もぐもぐと咀嚼《そしゃく》する。

するとその途端、彼がはっとしたような顔で皿のケーキを見つめ、それからこちらに顔を向けた。

男性らしく真剣な表情から一転、はにかんだ少年のような顔を見せながら、アルフレードが言う。

「ご、ごめんねリディア。急に変な話を、したねっ？」

「いいえ、ちっとも変なんかじゃないわ。アルフレードの言っていること、わたしも正しいと思ったもの」

「そ、そう？」

「わたし、ちょっと感動したわ。あなたは本当に、立派な男性になったのね？」

そう言うと、アルフレードがほんの少し頬を染めた。

「……きみがそう思ってくれたなら、嬉しいけど。まあでも、なんのかんのと言っても、今の俺にできるのは、まずは騎士としての腕を磨くことなんだけどね！」

アルフレードが照れ隠しのように言って、皿のケーキを平らげる。

それからすっと立ち上がって、笑みを見せて言う。

「ケーキ、焼いてくれてありがとう。リディアのケーキ、本当に最高に美味しいよ」

「気に入ってもらえてよかったわ」

「なんていうか、まるできみそのものみたいだ。とても甘くて、食べると元気が出る。毎日食べてもぜんぜん飽きない。もっともっとって、いくらでも欲しくなる」

「うーん？　なんだかちょっと、変なたとえね？」

「そんなことないよ。だってきみは本当に……」

アルフレードが言いかけて、何か思い出したみたいに続ける。

「ああ、そういえばさっき、以前にお世話になった近衛騎士団所属の知人の、昇進祝いのパーティーに招待されたんだけど、奥様もぜひって言われたんだよね。リディア、よければ一緒に行かない？」

「パーティー？　でも……」

「そんなに格式ばったパーティーじゃないよ。年は上だけど向こうも騎士爵だから気兼ねはいらないし、夫人もとても気さくな方だ。ただちょっと急に誘われたから、今夜なんだけど」

「え、今夜？」

王都に来てから、いくつか夫婦同伴のパーティーに出席したことはあったけれど、どれもとてもフォーマルな席だった。

格式ばっていないパーティー、というのがどういう雰囲気かわからないが、せっかくの招待だ。リディアはうなずいて言った。

「わたしも出席していいのなら、ぜひおうかがいしたいわ。でも、あなたは試合のあとだし、

れど。

そうしてこちらに背を向けたまま白シャツを脱いだので、慌ててさっと目を背けたのだけ
アルフレードが言って、さっとクローゼットのほうへ行く。

「俺は平気さ。じゃあ、二人で少しゆっくりしてから、一緒に今夜のドレスを決めようか。とりあえず隊服のシャツだけ着替えたいから、ちょっと待ってて？」

疲れていない？」


(……今のは、何かしら……？)

一瞬だけ目に入ったアルフレードの裸の背中に、何か思いがけないものが見えた気がする。

それが何だったのか、どうしても気になったから、リディアはそっと視線を戻してみた。

(あれは、傷痕《きずあと》……？)

夫婦の寝室での営みのときは、もちろん彼も裸身になるけれど、まだなんとなく恥ずかしくて、その姿をちゃんと見たことがなかった。

でもこうして昼日中の明るい中で改めて見てみると、彼のたくましい上半身には、たくさんの線状の傷の痕があった。

子供の頃、近所で川遊びなどしていたときには見たことがなかったから、これらはすべて、厳しい鍛錬や実戦で負った傷なのだろう。

アルフレードは誇り高き王国の騎士なのだと、強健な彼の体そのものがそう告げているよ

うで、見ているだけで気圧されてしまいそうだ。

(……アルフレードは、あの体でたくさんのものを守っているのね)

貴族と騎士の対立も、政治や武力のことも、先ほどアルフレードに言われるまで、リディアは自分のこととして考えてみたことがなかった。

でも、このオルランディ王国が近隣諸国の戦火に巻き込まれず、こうして独立を保っていられるのは、間違いなく騎士や騎士爵たちのおかげだ。

彼らが身を挺《てい》して国境を守ってくれているから、民は何も憂うことなく暮らしていられるし、貴族も領地を治めていけるのだ。

そう気づいて、今さらのようにはっとさせられた。

そして同時にリディアの胸に、一つの思いが浮かんでくる。

(わたし、彼を支えたいわ)

自分はこの国を守る勇敢な騎士、アルフレードの妻。

そう思うだけで、どこか誇らしい気持ちになる。

女である自分は誰とであれ結婚して、夫に守られて生きていくものだと、なんとなくそう思っていたけれど、アルフレードを妻として支えられるなら、心からそうしたい。これから先、戦いで傷つくであろう彼を癒《いや》し、助けになってあげたい。

それこそが、淑女としての自分のあるべき姿なのではないか。なんだかそんなふうにも思えてきて……。

「……リディア？」

「っ！」

あれこれと考えていたら、アルフレードが真新しいシャツに着替えてこちらに戻ってきて、顔を覗き込んでいた。

「どうかした？」

「いいえ、なんでも」

夫にぼんやり見惚《みと》れていたみたいで、なんとなくちょっと恥ずかしかったから、慌てて誤魔化す。それには気づいていない様子で、アルフレードが言う。

「体は特に疲れてないけど、腹がふくれたせいかちょっと眠くなっちゃったよ。天気もいいし、庭の木陰で軽く昼寝でもしようかな。リディアも一緒にどう？」

「お外でお昼寝……、は、遠慮しておくけど、あなたがそうしたいなら、傍で本を読んで過ごすわ」

「わかった。じゃ、行こうか」

アルフレードが誘うように手をこちらに差し出す。

騎士の妻として、自分に何ができるかはわからないけど、まずは夫に寄り添っていけたら。

大きくて肉厚なその手を取りながら、リディアはそんなことを考えていた。

その夜のこと。

「オルフィーノ騎士爵ご夫妻、ご到着です！」

昇進祝いパーティーが開かれている、「ステラ騎士爵」邸。

家令の声が響くと、おお、と小さなどよめきが起こったから、リディアはほんの少しだけ緊張感を覚えた。

アルフレードに手を取られて、大きな屋敷の大広間へと入っていくと。

「おお、アルフレードか！　久しぶり！」

「初めまして、奥方様！　アルフレードからお噂《うわさ》はかねがね！」

「アルフレードとは長く親しくさせていただいております！　ぜひとも今夜は、わたくしめと一曲踊っていただきたく……！」

次々と声をかけてくるゲストたちは、どうやらほとんど騎士のようだ。

きちんと挨拶を返さなければと思ったのだが、アルフレードは全部適当にあしらいながら、リディアの手を引いて広間を横切って歩いていく。リディアは驚きを隠せず訊いた。

「アルフレード、ご挨拶はいいのっ？」

「みんな酔っ払いだ。気にしなくていいよ」

「そうなの……？　で、でも」

「今日は上も下もないと思って、気楽に楽しんで。……ああ、それをくれ」

グラスを乗せたトレイを持つ給仕から、アルフレードがグラスを二つ取り上げて、片方をこちらによこす。

「リンゴのシードルだよ。とても美味しいから飲んでみて」

「え、と、乾杯、したりとかは？」

「ああ、そうだね。じゃあ二人でしようか。乾杯！」

アルフレードがウインクをしてグラスを上げ、すっと飲み干す。

格式ばったパーティーではない、というのはどうやら本当のようだと、また驚かされる。

「……？」

「今日は楽団と劇団、それに軽業師なんかも呼んでるみたいだな。ほら、聞こえる？」

シードルを飲みながら耳を傾けると、ワインやシードルのグラスを片手におしゃべりに興じるゲストたちの声の渦に交じって、軽快な歌劇のような音楽と歓声が聞こえてきた。外の庭かどこかからだろうか。

テラス窓まで行くと、開け放たれた窓の向こう、かがり火が焚かれた庭にもたくさんのゲストがいて、彼らの視線の先では軽業師が芸を披露していた。

「あー、もうすっかり出来上がってるな」

アルフレードが外を見て微笑ましそうな顔をして言う。

人垣の向こうに、酒に酔った顔でオペラのアリアを歌い上げている男性がいる。騎士団の隊服姿で、だいぶ恰幅《かっぷく》がいい。

「もしかしてあの方が、お世話になった方？」

「そう。でもやっぱり、挨拶はあとにしたほうがよさそうだね」

アルフレードの言葉にうなずこうとしたそのとき、庭の真ん中で大きな火柱が上がり、おお、と大きなどよめきが起こった。

軽業師が火吹き芸を披露したのだ。

「……なんだか、すごいわ……」

混とんとしているというのか、猥雑《わいざつ》というか。

まるで、見たこともない異世界に連れてこられたみたいだ。ほんの少し気圧されつつも、何やら心が躍るような気分になってくる。

アルフレードがふふ、と笑って言う。

「楽しくなってきた？」

「ええ、とても」

「よかった。じゃあ、もっと楽しいところに連れていってあげよう！」

そう言ってアルフレードが、テラス窓から外に出て、庭へと続く階段を下りていく。

人垣の間をすり抜けて、天幕が下りているところへ行くと——。

「まあ……！」

チョコレートケーキにフルーツケーキ、メレンゲのクッキーやマカロン。

ほかにも、クリームをたっぷりと使ったムースや、どんな味がするのか見当もつかない異国の菓子などなど。

大きなテーブルいっぱいに並んだ甘い香りのする菓子の数々に、思わずため息が洩れた。

アルフレードが笑みを見せて言う。

「美味しそうでしょ？　全部食べてみたくなっちゃうよね」

「そうね。……あ、でも……」

「淑女はパーティーの席では何も口にするな、なんて、貴族の間ではそんなふうに言われたりすることもあるみたいだけどね。ここではそんなこと気にしなくていいんだよ」

「そう、なの？」

「ほら、ごらん。みんな楽しそうだよ？」

テーブルに貴婦人たちがやってきて、めいめいに好きなものを小皿に取って傍のテーブルまで持っていく。そうしておしゃべりをしながら、何も気兼ねすることなく菓子を食べているので、アルフレードの言うとおりなのだとわかった。

マファルダがいたらはしたないと言うかしら、とは思いつつ、一つ二つ食べてみたくてうずうずしてくる。

「……あの、もしや、オルフィーノ騎士爵夫人でいらっしゃる?」

ためらいがちに声をかけられて振り返ると、リディアよりも少し年上と思《おぼ》しき女性がいた。

アルフレードがうやうやしく挨拶をして言う。

「これはこれは、ステラ騎士爵夫人! 今宵はお招きいただきありがとうございます!」

「よくいらしてくださったわ。リディア夫人ね? はじめまして」

「は、はじめまして、ステラ騎士爵夫人」

「カミラと呼んでくださってけっこうよ。まあ、本当になんて可愛らしい方なのかしら!

噂に聞いていたとおりだわ」

「噂、ですか?」

問いかけると、カミラ夫人がキラキラした目でリディアを見て、頬を上気させて言った。

「『勇猛果敢な王国騎士が一途《いちず》に想い続け、ついに結ばれた恋女房』。演劇の題目にもなりそうな、本当に素敵な恋物語だわ!」

(こ、恋物語っ……?)

どうしてそんな話になっているのかわからず、思わずアルフレードの顔を見る。

けれどアルフレードはにこにこと笑っているばかりで、カミラ夫人の言葉を肯定も否定もしない。

もしやこのパーティーに出席している人たちとの交流の場でも、アルフレードはリディアのことを話していたのだろうか。

「お、騎士爵のリサイタル、終わったかな？」

アルフレードが先ほどアリアを歌っていた男性のほうを見て言う。

「あら、そうね。向こうでまた飲み直す前に、アルフレード、声をかけてくる？」

「そうしますよ。リディアを少しお願いします、カミラ夫人」

アルフレードが言って、男性のほうに歩いていく。カミラ夫人が親しげな笑みを見せて、リディアに言う。

「リディア夫人、さあ、こちらにいらして。ぜひお話を聞かせてくださいな」

「は、はい……」

そうは言っても、いったい何を話せばいいのか。

少々戸惑ってしまったが、夫婦同伴で招かれたパーティーの席での、夫人同士の社交というのも、妻としての務めのようなものだ。アルフレードに恥をかかせぬよう、そつなくこなさなくては。

アルフレードがステラ騎士爵と話し始めたのを遠目に確認してから、リディアはカミラ夫人についていった。

「……まあ、素敵ですわ、窓の下まで逢《あ》いに来てくださったなんて!」

「恋物語の世界そのものですわね、本当に!」

「はあ、わたしにもそんな殿方が現れないかしら……!」

成り行きでアルフレードにプロポーズされた夜のことを話したら、女性たちからほう、と甘いため息が洩れた。

リディアはカミラ夫人に若い女性たちばかりのテーブルに連れていかれ、美味しい菓子をいただきながら歓談している。

女性たちは騎士や騎士爵の妻だったり恋人だったり、あるいは婚約したばかりだったりと様々だが、アルフレードの一途さは本当に有名だったらしく、知らぬ間にリディアも名が知られていたらしい。

すでに婚約者のいる貴族の娘を、騎士がさらうように娶った、という逸話も含めて。

「きっとアルフレード様は、誰よりも情の深い方なのですわ。生まれ育った町に想い人がいるからと、ほかの女性を一切寄せつけなかったと聞いていますし」

「そうなのですか……?」

「わたくしもそのようにうかがっていますわ。騎士団の同僚の団員が羽目を外すような席でも、いつでも冷静でいらっしゃったとか。まさに騎士たる者の鑑《かがみ》ですわね!」

（騎士たる者の、鑑……）

アルフレードが自分を深く想っていてくれたことはもちろん嬉しいが、そう言われるとさらに喜ばしい気持ちがする。

常に騎士としての矜持を胸に研鑽《けんさん》しているアルフレードが、日頃の振る舞いからして素晴らしい騎士であるというなら、それは彼が本物だということにならないだろうか。我が夫ながら、男性としてとても尊敬できる人だと思える。

とはいえ、二人の結婚を恋物語のようだと言われると、そうなのだろうかと今一つ実感が湧かない。リディア自身は、恋というのがどんなものなのか知らぬうちに彼と結婚してしまったのだから。

「……そういえば、近衛騎士団の副団長様、近々再婚されるそうですわよ」

「まあ、あの堅物と言われている方？　早くに奥様を亡くされましたものね」

「お相手はどんな方かしら？　貴族の方？」

「ええと、確か――――」

女性たちの話題が、アルフレードとリディアから別の人物に移ったので、なんとなくほっとする。別に隠すようなことは何もないのだが、自分のことを話すとなるとやはりどこか緊張してしまう。

それにしても。

（どんなものなのかしら、恋って？）

恋の噂話というのは皆の関心を引くものであるようだ。

恋を題材にした物語や詩歌、芸術などは、昔からたくさん創られてきたのだから、誰にとっても興味の尽きない話題であるのはもちろんうなずける。

恋心のままに結婚するなんてめったにないことだけれど、だからこそ憧れる気持ちも湧いてくるのだろう。そういう意味でアルフレードは、恋物語の主人公のようにリディアに恋をし、めでたくもその想いを遂げた男性、ということになるのかもしれない。

深く想い、恋い慕い、胸が焦がれる――。

様々な言葉で表されるその感情は、どんな味わいなのだろう。

アルフレードの想いが確かなことを知れば知るほど、リディアもそれを知りたくなる。

ゆっくり時間をかけて好きになってくれればいいと、アルフレードは言ってくれたけれど、彼の想いに応えられるだけの感情をリディアも抱けたなら、結婚生活はきっと、今よりもさらに豊かなものになるだろう。

でもリディアには、まだそれがよくわからなくて……。

（……あ……）

女性たちの話をぼんやり聞き流しながら、ふと視線を庭のほうに向けると、アルフレードの姿が見えた。

ステラ騎士爵や友人との話を終えたのか、こちらにやってくるところのようだったので、そのまま目で追っていると。

「っ……？」

アルフレードの前に、少しばかり大胆に胸元が開いたドレスをまとった女性が歩み出て、妙に身を寄せて話しかけたので、彼が足を止めた。

女性はこちらに背を向けているので顔はわからないが、アルフレードは親しげな表情を見せて話をしている。二人は知り合いなのだろうか。

なぜだか妙に気になって、見るともなしに見ていると、女性が不意にアルフレードの耳元に顔を寄せたのが見えた。

「……っ！」

女性が何かささやいた途端、アルフレードが見たこともないほど明るい笑みを見せ、女性をハグして頰に軽く口づけたので、思わず目を見開いた。

どうしてアルフレードは、あの女性にあんな顔を見せて――――？

「…………」

（……何、かしら……、これ……？）

リディアの目線の先で、アルフレードと女性は楽しげに話を続けている。

それを見ていたら、どうしてか頭が熱くなって呼吸が速くなり、手にはじんわりと妙な汗がにじんできた。

それなのに胸のあたりはひんやりと冷たくて、ざわざわとおかしな具合にかき混ぜられているような感じがする。

こんなふうになったのは初めてだ。これはいったいなんなのだろう。

二人を見ているだけで、なんだか変な気分になって……。

「ね、あなたもそう思いませんか、リディア夫人。……リディア夫人……？」

カミラ夫人の声が聞こえたので、はっと目を向ける。

どうやら何か意見を求められているようだが、まったく聞いていなかった。

曖昧にうなずきながら、ちらりとアルフレードのほうを見ると、ちょうど女性が彼の前を去ろうとしているところで、二人が微笑みを交わし合っているのが見えた。

女性はそのまま去っていき、アルフレードがこちらに目を向ける。

そうしてリディアと目が合うと、彼がいつもの少年のような笑みを見せて軽く手を振ってきた。

いつもどおりの彼の様子。それなのに、どうしてだかうろたえておかしな声が出そうになる。

このままでは、人前で妙な態度を取ってしまいそうだ。リディアはそう思い、アルフレードを見つめたまま席を立ち、震える声で言った。

「あ、あの、わたしっ……」

「リディア夫人……？」

「そのっ、し、失礼しますっ」

自分は今、どう振る舞えばいいのかわからない。

だからもう一秒でもここにいたくない。

なぜだか強くそう感じてしまい、リディアは逃げるように駆け出していた。


（わたし、変だわ……）

なるべく人けのないところで、気持ちを落ち着けたい。

その一心で、リディアは庭から屋内へ戻り、大広間を抜けて廊下を歩いていた。

先ほどから続く胸のざわつきはまだ弱まる気配はなく、チリチリと嫌な感覚までがしてきている。

痛みというのではないが、何かとげとげとしたものが胸をかすめているみたいな感じだ。

家でアルフレードといて、そんなふうになったことはないのに。

（人に、疲れてしまったのかしら？）

昼間は闘技場に出かけて、夜はこんなにも人がたくさんいるパーティーに来たのだ。もしかしたらそうなのかもしれない。とにかく座って落ち着こう。

ステラ騎士爵邸はアルフレードの屋敷と建物の様式が似ている。たぶんこのまま進めば、中庭か何かがあって、そこなら独りで静かに過ごせるのでは……。

「リディア！」

「……！」

背後から声をかけられ、ビクリとした。ゆっくりと振り返ると、アルフレードが早足でこちらへやってくるところだった。

その顔はひどく心配そうだ。リディアの前まで来て、アルフレードが訊いてくる。

「どうしたの？　大丈夫っ？」

「え、と」

「いきなり席を立って駆け出したって、カミラ夫人が。気分でも悪くなった？」

そうと言えばそうなのだが、どこかわかりやすく体の具合が悪くなったわけではないので、答えに詰まってしまう。

黙って目を伏せると、アルフレードがそっと肩に手を置いて言った。

「もしかして、慣れないところで一人にさせちゃったから？」

「それは、大丈、夫」

「けど、やっぱり緊張しただろう？　俺がちゃんと傍にいてあげてれば……」

「いいえ、気にしないで！　アルフレードは悪くないの！　……たぶん」

「たぶん？」

「い、いえ、そのっ……、わたしが勝手に、変になっちゃっただけだからっ。アルフレードは、何も……。そう、何も……」

どう話せばいいのかわからず、そう言って上目に見上げると、アルフレードが怪訝《けげん》そうな顔でこちらを見返してきた。どうにもわけがわからない様子だ。

でもそれも仕方のないことだろう。何しろリディア自身にだって、何が何やら……。

「リディア、きみはいったい、何を……？」

困惑したようにアルフレードが言いながら、まじまじとこちらを見つめる。

するとその顔に、何かはっとひらめいたみたいな表情が広がった。

声を落として、アルフレードが訊いてくる。

「……ねえ、リディア？　もしかしてだけど、さっき俺のことを、見てた？」

探るみたいなアルフレードの質問に、こくりとうなずく。

「俺が女の人と、話をしていたときも？」

ためらいがちな質問に、また先ほどの胸のざわめきがぶり返す。

胸がちくちくする感覚にかすかに眉をひそめながら、リディアがもう一度こくりとうなずくと、どうしてかアルフレードの瞳が見開かれ、その顔がわずかに上気した。

「……そう、か。そういうことか。なるほど！」

いったい何に納得したのか、リディアにはさっぱりわからないが、アルフレードはすっかり得心した様子だ。

どうしてかそのままくるりと周りを見回し、近くの部屋のドアの前まで行って、確かめるように中を覗く。それから小さくうなずいて、アルフレードが言った。

「ねえリディア。俺たちは今すぐ話し合うべきだと思うんだ。誰にも邪魔されず、二人きりでね！」

「は、話し合う？」

「そうだよ。夫婦にとって、話し合いはとても大切なことだ。だから、こっちにおいで」

なぜだかほんの少し甘い声で言って、アルフレードが手招きする。

話し合いだなんて、なんだかちょっと大げさな感じがする。

けれど、頭が熱くて胸が冷たいみたいな、今まで経験したことのないこのおかしな気分も、言葉に出して話せばなんなのかわかるかもしれない。

リディアはうなずいて、アルフレードが開いたドアから中に入った。

そこは小さなサロン風の部屋で、人けはない。どう話そうかと考えながら、レースのカーテン越しに庭に焚かれたかがり火が見える出窓の傍まで行く。

とにかく顔を見て話そうと、アルフレードを振り返ると――――。

「つ……？」

アルフレードが思ったよりも間近に立っていたから、驚いて息をのんだ。

そのままさらにぐっと身を寄せて近づいてきたので、思わず後ずさったけれど、すぐに出窓に腰が当たってしまう。

話し合いをするのには、ちょっと不思議な距離感では……？

「アルフ、レード？」

「さあ、二人きりだよリディア。何があったか、順番に話してみて？」

「何があった、って、言われてもっ……」

(ち、近いわ……)

キスをされそうなくらいの近さでささやくように問いかけられ、思いがけずドキドキさせられてしまう。

家でなら、何やら甘いひとときが始まる予感に、少しばかりときめくところかもしれないが。

(……あの女の人とも、このくらい近くで話していたわ)

先ほどの光景を思い出すと、なんだかまたおかしな気分になる。その正体が知りたくて、リディアはおずおずと告げた。

「お話を、していただけよ。カミラ夫人や、皆さんと」

「うん、そうだったね」

「それで、しばらくしたらあなたが見えたから、ああ、戻ってきたんだわって思って……。でもあなたは……、わたしの知らない、女の人といて」

リディアは言って、かすかに喉が詰まるのを感じながら続けた。

「あなたはとても明るい顔で笑っていて……、そんなあなたを見ていたら、わたし、なんだか変な気持ちに、なって……」

順を追って話していたら、あれがなんだったのか、自分でもうっすらわかり始めた。

アルフレードが知らない女性と親しげにしていたのが、リディアはたぶん、面白くなかったのだ。

その上顔を近づけて話したり、頬に口づけてハグし合ったりしていたものだから──。

「あのね、よく聞いてね、リディア。彼女は元々、身寄りのない孤児でね？」

「え……？」

「子供の頃から、あちこちの貴族の家のメイドをしたりしてたんだけど、悪い主人に人買いに売り飛ばされて、隣国の奴隷商人に転売される羽目になったんだ」

「ど、奴隷商人っ？」

「そう。けど、馬車で国境を越えて連れ去られようとしていたところを、たまたま遠征任務で来ていた騎士団の団員が助けてね。もう一年くらい前になるかな」

アルフレードがそう言って、驚くリディアに丁寧に続ける。

「そのときに、彼女は騎士団の俺の後輩と恋に落ちてね。二人は順調に愛を育《はぐく》んで、めでたく結婚することになったんだ」

「そう、なの？」

「さっき彼女から直接それを聞かされて、俺はすごく嬉しくなった。だからキスとハグで、その気持ちを伝えたんだ。あれはそういうことだったのさ」

想像すらもしなかった話に、言葉が出てこない。

アルフレードがどこか楽しげな目をして訊いてくる。

「でもそれを見て、きみは『変な気持ち』になった。もしかして、妬《や》いたのかな？」

「……っ……！」

「ああ、やっぱりそうか！　きみは嫉妬の気持ちを感じて、胸を焦がしていたんだ。そうなんだね！」

「ア、ルっ」

「きみは可愛い。本当に、最高に可愛いよ！」

「きゃっ？」

いきなり正面から体をギュッと抱きすくめられて、頬がかあっと熱くなる。

嫉妬に胸を焦がすだなんて、それこそ恋物語の中でしか知らない感情だったのに、まさか自分がそれを感じるなんて思いもしなかったから、驚いてしまう。

でもきっと、アルフレードの言うとおりなのだ。

しかもそれをとうのアルフレードに知られてしまうなんて、とてつもなく恥ずかしいことではないか。あまりにもいたたまれなくて、消え入りそうな気持ちになる。

「ご、ごめんな、さっ……、わた、しっ……」

叫び出したいほどの羞恥を覚えたけれど、なんとかこらえてそう言うと、アルフレードがふふっと小さく笑い、リディアの髪を優しく撫でてきた。

「ごめんだなんて、どうして謝るの？」

「だ、だって、恥ずかしくてっ」

「恥ずかしいことなんてないよ。リディアが嫉妬してくれて、俺は嬉しいよ？」

「嬉、しい？」

「もちろんさ。当たり前だろう？」

リディアを抱き締める腕を緩めて、アルフレードが顔を覗き込んで言う。

「考えてもごらんよ。嫉妬したってことは、きみが俺を好きになり始めてるってことだろう？　リディアが俺をちゃんと男として見てくれてるからこそ、そういうふうに感じるんじゃないか。こんなに嬉しいことはないよ！」

「アルフレード……」

何やら興奮した様子のアルフレードにきっぱりとそう言われ、困惑しながらも、なんだか不思議と腑《ふ》に落ちるものを感じる。

自分ではたどり着けなかった答えだけれど、そう言われれば確かにそうかもしれない。

恋とはどんな感情なのだろうと思っていたのに、リディアはいつの間にかアルフレードを好きになり始めていた。だからこそ嫉妬の感情を抱いて……。

「大好きだよ、リディア。キスさせて？」

「……っ、あ……、ん、んっ」

口唇を覆い尽くすみたいに口づけられ、体をまた抱きすくめられる。

菓子よりも甘い、アルフレードのキス。

受け止めただけで体の芯にぼっと火がついたみたいになる。

それはいつもの、もう当たり前の反応だ。

結婚したあの日から何度もアルフレードに触れられてきたから、体が慣れて反応するようになったのだろうと思っていたけれど。

(もしかしたら、わたし自身が、アルフレードに触れられたいのかも……？)

体が勝手に反応するのではなく、リディアの心が、アルフレードに愛されたがっている。

だからこそ、甘く潤んでしまう。

ひょっとしたらそうなのではと気づいて、胸がドキドキと高鳴っていく。

彼に惹《ひ》かれ始め、この胸に彼への恋心が芽生えたからこそ、彼に触れられるだけで体が蕩けていくのでは――――？

「リディア、甘いお菓子みたいな香りがする」

「……それは、さっき、たくさんお菓子をいただいていたから」

「そうじゃないよ。甘いのは、リディア自身さ」

アルフレードがうっとりと言って、喘ぐように続ける。

「ああ、俺、欲しくなってきちゃった。きみを食べたくて我慢できないよ、リディアっ」

「た、食べっ？　ぅう、ん、むっ……」

気が昂ぶったみたいに息を揺らして、アルフレードが食いつくようなキスをよこしてくる。それだけでなく、リディアのドレスを手でたくし上げ、下穿きの上から足をまさぐってきたから、驚いて目を見開いた。

やんわりとその手を制止しようとしたけれど、アルフレードはためらいもなく下穿きの紐の結び目に指をかけてくる。それはさすがにまずいと思い、身をよじってみたけれど、ぐっと身を寄せられて身動きを封じられた。

まさかアルフレードは、ここでリディアの秘部に触れようと……？

（いけないわ、そんなこと……！）

こんな場所でいちゃつくなんて論外だし、いつ誰が来るかもわからない。首を横に振って、リディアは言った。

「だ、駄目よ、アルフレードっ」

「駄目？　何が駄目？」

「何って、わかるでしょうっ？　こんなところで……、きゃっ……！」

いたずらっぽい目をしてリディアを見つめながら、アルフレードがいきなりドレスの胸元のリボンをしゅるりと緩めてきたから、思わず叫んでしまう。

ほろりとこぼれ出た胸を隠そうとしたが、そうする前にアルフレードがそこに口唇を寄せ、乳首に口づけて吸いつき始めた。

家でもないのに、なんてことを、して――。

「あ、んっ、駄、目っ、アル、フレ、ドッ……！」

かぶりを振って抵抗しようと試みるが、アルフレードはかまわず胸の蕾を舌で舐め回す。

そうしながらスカートの中に入れた手で下穿きの紐を緩め、するりと器用にリディアの足から抜き取った。

そのままそれを、彼の背後にある長椅子の上にひらりと放り投げたから、思わずまたあっ！　と叫び声が出てしまった。

アルフレードがにこりと微笑んで言う。

「リディアのほうこそ、駄目だよ？　そんなおっきい声出しちゃ」

「な、んっ？」

「ここでこんなことしてるって、誰かに気づかれちゃったら困るでしょ？」

「そん、なっ……」

困るからこそ駄目だと思うのに、アルフレードの言うことは無茶苦茶だ。

でもリディアがそう言う前に、アルフレードがまた胸にしゃぶりついて、ツンと立った乳首を甘く吸い立ててきた。

スカートの中の大きな手は、リディアのむき出しのお尻をさわさわと撫でて、柔らかなふくらみをキュッとつかんでくる。

手慣れた愛撫に、リディアの声も溶けていく。

「ぁ、あ、ん、ぅう……」

声をこらえようと手で口を押さえ、口唇を引き結ぶけれど、ぬるりとした舌で乳輪をなぞられ、お尻をまさぐられて、背筋が震える。内腿をさわさわと優しく撫でられると、乱れた息が淡い嬌声《きょうせい》になって喉奥からこぼれてきた。

お腹の底もすぐにヒクヒクと疼き始め、蜜筒もとろとろと潤《ほと》びてくるのがわかる。

いつもよりもさらに敏感な体の反応に、自分でも驚いてしまう。

(どう、しようっ、わたし、ものすごく、感じてる)

誰が入ってくるかもわからない、よその家の見知らぬ部屋。

背中の後ろの出窓の向こう、かがり火が焚かれた夜の庭には、たくさんのゲストたち。

そんな場所で立ったまま衣服を緩められ、胸を舐められながらお尻や内腿を撫で回されているなんて、間違いなく尋常でない状況だ。

なのにリディアはいつになく感じて、はしたなく濡れてしまっている。

まだ触れられていない花びらの中がしっとり潤んで、アルフレードを待っているみたいだ。

(やっぱりこれも、アルフレードのことが、好きだから……?)

嫉妬の感情を抱いたのも、あり得ない場所で触れられてこんなふうになってしまうのも、彼に惹かれているからなのか。恋心が知らぬ間にリディアに新しい感情を生み出させ、体も淫らに変えてしまったのか。

考えてみようとするけれど、次第に意識がぐずぐずと溶けてきた。

やがて硬くなった乳首がとろんと熟れて、柔らかく崩れたようになると、アルフレードがちゅぷ、と音を立てて口唇を離した。

ジンジンと疼く乳房が、外気に触れて粟立《あわだ》つ。リディアを上目に見上げて、アルフレードが満足げに言う。

「きみの胸は、よく熟れたベリーみたいだね。とても美味しかったよ、リディア」

「つ、ル、フレー、ド」

「でも、実はもっと食べたいものがあるんだ。いい機会だし、いただいちゃおうかな」

「……？」

アルフレードが意味ありげな目をしてそう言って、リディアの前に膝をつく。

どういうつもりなのかと、思考が働かないまま彼の顔を見下ろすと。

「つ？　アルフレードっ？　何を、してっ……！」

いきなりドレスの裾をバッと持ち上げられ、スカートの中に頭を入れられたので、ギョッとして声を放った。

逃げる間もなく、アルフレードの熱い口唇が膝に触れたと思ったら、ちゅっと吸いつきながら腿のほうへと上がってくる。もぞもぞとくすぐったく感じて腰をよじると、左足の膝を折って持ち上げられ、内腿にちゅっと口づけられた。

そうしてそのまま、足の付け根のほうまで舌でなぞられたので、ようやく気づかされる。

アルフレードが食べたいもの、というのは――。

「あっ！　ぁ、あ、だめっ、そん、なっ」

アルフレードが口唇でリディアの秘められた花びらを食み、開いた蜜口に舌を這わせ始めたから、慌てて声を上げて制した。

リディアのそこはもうすでに甘く湿っていて、蜜がアルフレードの口唇と舌を濡らしたのが感じられる。

焦って足を閉じようとしたけれど、アルフレードはリディアの左足を自らの肩に乗せ、秘部を閉じないようにさせてくる。

そうして滴っている蜜を丁寧に舐り取ったばかりか、舌先で内側の花びらを優しくまくり上げて、口唇で直接蜜壺に吸いついてきた。

「ぁあっ、そ、なの、いけないっ、ゃ、め……！」

そこにそんなふうに口づけられたのは初めてだ。

信じがたいほど破廉恥で、どこか倒錯的ですらある行為のように感じ、まなじりがつっと潤んでしまう。

パーティーに招かれてやってきたお宅で、夫婦でこんな行為に及んでいるなんて、誰かに知られたら本当に恥ずかしいし、きっともう二度と人前には出られなくなってしまうだろう。

今すぐやめさせなければと、そう思うのだけれど。

「ふ、ぁっ、んんっ、う……」

ぬるりとぬめる舌で花びらの中を余すところなく舐め回され、大小の花弁を口唇でぷるんと食んでは放されて、背筋にしびれが走り始める。

こんなにも恥ずかしい行為なのに、リディアの体は悦びの端緒をつかみ始めたみたいだ。

熱い舌でそこをなぞられるたび、腰がビクビクと震え、喉の奥で息が震える。

リディアが感じ始めたのを察したのか、アルフレードの舌が花びらの合わせ目のほうへと移動して、舌先で花芽をつついてくる。

「は、ぅっ！　んン、うっ」

薄い膜を指ではがされ、パール粒みたいなそこをてろてろと優しく舐められて、視界がチカチカと明滅した。

指で触れられるときよりも、舌はねっとりと花芽にまとわりつき、やむことなく温かい刺激を与えてくる。舌のざらりとした感触も指とは違い、擦られたそこはすぐにぷっくりと熟れ、はじけそうなほどに熱くなった。

するとアルフレードが口唇を窄めて、木の実をしゃぶるみたいにちゅくちゅくとそれを吸い立ててきた。

「あ、あっ、ふ、ぅっ……」

そこをそんなふうに愛されたら、もう何も考えられない。

悦びの渦に引き込まれ、ぐるぐるとどうしようもなく翻弄されて、逃れようもなく溺れてしまうばかりだ。

やまぬ愛撫に秘壺はますます蜜をこぼし、内奥がヒクヒクと蠢動し始める。それが先触れとなって、お腹の底から泉が湧き出すみたいに、大きな愉楽の波が迫ってきて――。

「は、ぁっ、ああっ、ああぁ……！」

アルフレードの肩に乗せた左足をビクビクと震わせながら、悦びの頂に達する。

立ったまま気をやるなんて、もちろん初めてのことだ。体を支える右足もガクガクと震えて、危うく倒れそうになる。

　スカートの上からアルフレードの肩に手を置いて身を支えると、アルフレードがリディアが達したことに気づいた様子で、まるで労《ねぎら》うみたいにお尻のふくらみを両手で撫で、内腿にまたちゅっと口づけてきた。

　やがて頂の波が去り、体から力が抜けると、アルフレードがスカートの中から頭を出してうっとりとこちらを見上げた。

「……すごく美味しかったよ。きみは本当に甘いね、リディア」

「ア、ルっ……」

「ねえ、リディア？　きみがこんなに甘いって知ってるのは、夫である俺だけだよね？」

「……？」

「つまりそれは、二人だけの秘密ってことだ。夫婦の絆《きずな》っていうのは、だからこそとても尊いものなんだなって、俺は思うんだよ」

　アルフレードがそう言って、すっと立ち上がる。

「だからね、リディア。俺はきみにも知っていてもらいたいんだ、俺の熱さを。きみだけに、それを知っていてほしい」

「あなたの、熱さ……？　……あ……？」

　何を言っているのだろうと訝《いぶか》ると、向き合っていた体をいきなりひょいと翻されたので、よろよろと出窓に手をついた。

背後でしゅるりと衣擦《きぬず》れの音がしたので、何をするつもりなのかと振り返ろうとしたけれど、大きな右の手で視界を遮られ、前を向かされてしまう。

そうしてそのまま、彼のもう片方の手でドレスをたくし上げられ、むき出しのお尻にぐっと腰を押しつけられたから、小さく声を上げた。

熱くて硬い、彼の昂ぶった雄。

もしやこのまま、ここで行為に及ぼうとしているのか。

さすがにそれはあり得ないと思い、拒絶の声を発しようとしたのだけれど。

「あっ、あ、待っ……！　ん、ンっ！」

とろとろになったリディアの秘所を、アルフレードの切っ先が後ろからぬらりとひと撫でして、そのままくぷりと音を立てて中に入ってきたので、悲鳴を上げまいと慌てて口を押さえた。

手で視界を遮られた状態で、後ろから立った姿勢で抱かれるなんて、よもや思いもしなかった。

アルフレードにたっぷりと舌で愛されて甘く熟しきっているから、痛みなどはないものの、じわじわと腰を使って突き上げられ、繋がりを深められると、体を支える足がふわりと浮き上がりそうになる。

どうやってバランスを取ったらいいのかわからず、出窓についた手に体重をかけると、知らず腰が上がってお尻を突き出すみたいな格好になってしまった。

ここで行為に及ぶことも、視界を遮られていることも、動物みたいな体位も、とにかく恥ずかしくてたまらない。リディアは首を横に振って、細い声で言った。

「こ、なっ……、だ、めっ」

「どうして、駄目?」

「だって、恥ずか、しいっ」

声を震わせると、アルフレードが上体をリディアの背中にぴったりと寄せて、左の耳朶《じだ》にキスをしてきた。

「大丈夫。ここにいるのは俺だけだ。どんなに乱れて悦びに素直になったって、恥ずかしいことなんて何もないんだ」

「で、もっ」

「きみに、俺の熱さだけを感じてほしいんだ。俺の姿も、ほかの何もその目で見ないで、ただココだけで感じてほしい」

何やら哀願するみたいな声で、アルフレードが続ける。

「体で、わかってほしい。俺が愛しているのはきみだけだって。俺の愛を信じて、俺のことを、もっと好きになってほしいんだっ……」

「ア、ルっ、あ、あっ、ああ」

アルフレードがしなやかに腰を揺すって、雄でリディアを穿ってくる。

動きは速くはないけれど、ズン、ズンと突かれるたび胸が大きく揺れ、内奥深くまでみっしりと貫かれる。まるで楔で繋がれているみたいだ。

体でわかってほしい、だなんて。

わざわざ言われるまでもない。いつもその熱でアルフレードの想いを感じているし、ほとばしりを注ぎ込まれれば何よりも強くそれを感じる。

ここでこんなふうにしなくたって、彼の愛情はいつだって感じているというのに。

(でもわたし、妬いていたわ。アルフレードが、あの女の人といたとき)

事情を知らなかったとはいえ、二人をとても親しげだと感じた瞬間、リディアは嫉妬の感情にとらわれた。

彼のことを好きになり始めているからこそだと、そう思いはするけれど、二人の姿をこの目で見て、二人の間に何か親しみ以上のものがあるのではと、想像してしまったせいだともいえる。

ほんの短い一瞬の出来事。

けれどもしかしたら、それはアルフレードの愛を疑ったということになるのではないか。

ふとそう思い至って、ドキリとする。

アルフレードはいつだって愛情を伝えてくれているのに、リディアは受け取ってばかりで、こちらから気持ちを返せてはいない。もちろん彼はゆっくりでいいと言ってくれているけれど、不安を感じるときだってあるだろう。

だからこそアルフレードは、リディアに信じてほしいのではないだろうか。

彼にしかできないやり方、リディアだけが受け取ることのできる愛の行為で、彼の心からの愛情が本物であるということを。

「ん、んっ！　ふ、ぅうっ」

（……アルフレードを、感じる……、すごく熱くて、溶かされそうっ……）

声をこらえながら、言われたとおり繋がった部分だけを意識していたら、体が芯から熱くなって、どろどろに溶けてしまいそうな感覚に陥った。

目を遮られているせいで、中がとても鋭敏になっているのかもしれないけれど、くちゅ、ぬちゅ、と淫らな音を立てて彼が出入りし、張り出した部分で中の襞をきゅぷっとまくり上げるたびに、背筋をいつもよりも強い快感が駆け上がって、瞼の裏に火花が散る。

たまらぬほどの悦びを生み出す彼自身。

それこそがアルフレードの熱、彼の愛情の証なのだと感じるだけで、それを享受する喜びに胸が震えてくる。

自分は夫である彼だけのもの、そして彼も、妻である自分だけのもの。

剛直を引き抜かれ、また奥まではめ戻される都度、体でそう知らしめられているようで、泣きそうなほど感じてしまう。

彼が自分の夫であることが嬉しくて、胸がジンと温かくなって――――。

「……うわっ、な、なんだ、これっ」

体の悦びと心の喜びとに包まれて恍惚となっていたら、アルフレードが急に、背後で驚いたように声を発した。ごくりと唾を飲んで、アルフレードが喘ぐみたいに言う。

「きみが俺に、きゅうって吸いついてきたっ……、俺にしがみついて、中に引き込んでいくみたいだっ」

「アルフ、レードっ」

「こんなの、たまらないよっ、俺、もうっ……！」

アルフレードが息を乱し、左手でリディアの腰を抱え直して、抽挿のスピードを上げる。

蜜筒が彼に吸いついているのかどうか、自分ではよくわからない。

けれど彼が中でぐんと嵩《かさ》を増し、感じる場所に当たり始めたから、次第に声を抑えることができなくなってくる。

「ひ、ぁっ、はあっ、ああっ！」

気持ちのいい場所を切っ先で抉るように擦り上げられ、はしたない嬌声がこぼれる。

これが自分の声だなんて羞恥でどうにかなりそうだけれど、我慢するなんてもうできそうもない。

アルフレードもそうさせるつもりはないのか、リディアの声に応えるみたいに激しく熱杭を突き立ててくる。野生動物みたいな息遣いに煽《あお》られ、リディアの蜜筒がきゅうきゅうとひとりでに収縮し始めて――――。

「ぁ、あっ、ああ――――」

「くっ、ぅ、う、リディ、アッ……」

リディアが再びの絶頂に達した瞬間、アルフレードがリディアを背後からぎゅっと抱き締めて、動きを止めた。

お腹の奥にざあ、ざあ、と何度も灼熱《しやくねつ》を浴びせられ、その熱にめまいを覚える。

「あ、あ……、熱、い……」

(わたし、アルフレードの、こと……)

胸に芽生えた温かさが、彼が与える熱と悦びとによって、淡い想いへと彩りを変える。

恋心とは、この胸の温かさのことなのだろうか。

アルフレードが肩越しによこした甘いキスに酔いながら、リディアはぼんやりとそう思っていた。

第四章　愛の試練は突然に

アルフレードへの、淡い気持ち。

それを自覚してから、リディアの毎日は今までと少し変わった。

朝、目覚めたベッドで隣に横たわるアルフレードの寝顔を見たとき。

朝食の席で一緒に食べた美味しいパンの味。

隊服に身を包んだアルフレードを送り出すときと、夕刻帰宅した彼を迎えるときに交わす口づけの温かさ。

夜のベッドで交わされる睦言《むつごと》。行為のあとの語らい。

そんな日常の何気ないことが、何か輝きをまとったみたいに感じられ、幸福な気持ちを覚えるようになった。

これが恋心なのか、それとも夫婦の情なのかはわからないけれど、アルフレードと暮らす日々は楽しく、一緒にいる時間を得がたいものだと感じている。

彼と結婚してよかった。しみじみそう思っていたある日のこと。

「……公爵様の辺境視察の、護衛任務？」

「うん、そう。ザネッティ公ニコラ様のご提案でね。六公爵が順に近隣諸国との国境で実際に紛争の様子をごらんになって、場合によっては介入も辞さないという姿勢を見せつけるっていう、まあ威圧行為なんだけど。栄誉ある任務だから、騎士爵の身分の者を護衛隊の隊長に、って話で」

「それに、アルフレードが抜擢されたの？」

「そういうこと。出発は来週。帰還は、早くても三か月後くらいになるんじゃないかと」

「そんなにっ？」

いつもと変わらぬ朝食の席で、アルフレードが新たな任務の話を切り出した。

騎士爵となり、辺境騎士団の分隊長になって最初の遠征任務だが、まさか三か月も家を空けることになるなんて。

「リディアと三か月も会えないなんて寂しいよ！　もしかしてきみも、寂しいと思ってくれた？」

「……それは、もちろん……。でも、任務なのでしょう？」

「ああ、そうさ。六公爵が合議で決めたことは、王不在の今のこの国では絶対だ。だから俺は行かなきゃならない。視察に向かう公爵様をお守りするためにね」

アルフレードが言って、ふと思いついたみたいに言う。

「そうだ。いい機会だし、ガストーニ子爵に顔を見せてきたらどう？」

「お父様に？」

「うん。俺が言うのもなんだけど、きみと俺はあんなふうに突然結婚して、さっさと王都に出てきてしまったわけだろう？　もしかしたら寂しくお思いかもしれないじゃないか？」

母の死後もずっと独り身を貫いている父だから、寂しく思っていないだろうかとは考えてみたことがなかったけれど、それは確かにそうかもしれない。

今のリディアを見て安心してもらうためにも、アルフレードのすすめに従ってみようか。

「遠征任務から帰ったら、俺も一緒に行くよ。お義父上《ちちうえ》と、改めてゆっくりお話ししてみたいからね」

アルフレードが言って、ふふ、と笑う。

「とっておきのワインを手土産《てみやげ》にうかがったら、俺を娘婿として認めてもらえるかな？」


一週間後、アルフレードは六公爵の一人、ザネッティ公爵の紛争地域視察団に帯同する特設護衛隊の隊長として、辺境へと旅立っていった。

故郷のブルーナ近郊を通る例の街道を進み、現在は六公爵の共同管理下にある王領を横切って国境に出るとのことで、リディアを乗せた馬車もブルーナまで一緒に旅することができた。

視察団の出立を見送ってから、馬車をガストーニの屋敷へと走らせると、やがて同乗するマファルダが言った。

「リディア様、お屋敷が見えてきましたわ」

「ええ、そうね」

「不思議ですわね。お嬢様がおうちを出られてまだ数か月ですのに、もう懐かしい気がしますわ」

「本当ね。……あら？　でもなんだかちょっと、前と違わない……？」

記憶と現実に差が生まれてしまうほど、長く時間が経《た》ったわけではない。

でも馬車を車寄せにつけ、降りて改めて見上げたガストーニ子爵邸は、以前とどこか違う。

マファルダも気づいたようで、目を丸くしている。

もしかして、全体的に以前よりも綺麗になっている……？

「……リディア様、もしやこれは、アルフレード様が？」

「そう、なのかしら？」

よくよく見てみると、手が回らなかった外壁の補修や庭の手入れなどが、前よりも行き届いている。アルフレードが手配してくれたのだろうか。

「……帰ったか、リディア」

「お父様……！」

いくらか呆然としながら磨き上げられたエントランスに立っていたら、奥から父がやってきた。挨拶をしようと向き直ると、父が驚いたような顔でこちらを見た。

そのまましばし何か考えるふうにリディアの姿を眺めて、ぼそりと言う。

「当世風の装いだな、服も髪も」

「え」

「ちょっと華美にすぎるのではないか？　王都の暮らしに染まって淑女の慎みを忘れてもらっては困るな」

「……お父様、わたし、そんな……」

「弱小と言えど、我がガストーニ家は貴族なのだぞ？　騎士の元に嫁に出したとはいえ、いつでもそれを忘れてはならん。ジュリアだって、きっとそう思っているはずだ」

亡き母の名まで出して咎められて、しゅんとなってしまう。

髪は緩く結っただけ、ドレスも淡いベージュ色で、そんなに派手な格好をしているつもりもない。アルフレードに見立ててもらったものだから、今風なのは確かだけれど。

(お父様、まだ怒ってらっしゃるのかしら?)

リディアが勝手に結婚し、王都に移り住んだことに、父はまだ納得がいっていないのだろうか。だからこんなふうに……？

「おやまあ、旦那様ったら！　そんなふうにおっしゃっては、それこそ亡き奥様がお嘆きになりますわ！」

マファルダが横合いからたしなめるように言う。

「ご結婚に際してほんの少し問題があったからといって、その後のすべてに及ぶわけではありませんでしょう？　リディア様の装いは、ご実家を訪問する貴婦人として、実にふさわしいものではありませんか！」

マファルダの正論に、父が眉根を寄せて言い返す。

「マファルダ……。リディアの面倒をよく見てくれているのはわかっているが、ここは乳母のおまえが口を出すところではっ……」

「いいえ、言わせていただきます！　リディア様は王都で、貴族の淑女にふさわしい生活を送っていらっしゃいますわ。アルフレード様もとてもご立派な方です。無駄な贅沢《ぜいたく》はされず、かといって貴族の品位を損なうような吝嗇家《りんしょくか》などでもなく、使用人の数も調度品も必要にして十分。お食事なども――」

「マ、マファルダ、あの、そのくらいで……！」

リディアを擁護しようとするみたいにマファルダがまくし立て始めたので、やんわりと止めようとしたけれど、きっとリディアの王都での生活を父に話したくてたまらなかったのだろう。止まらぬ勢いで話を続ける。

「騎士としての腕も素晴らしく、六公爵様方の覚えもめでたく、いずれは騎士団長にまで出世なさるでしょう！　もしかしたら王都の家屋敷だけでなく、ご領地まで賜るかもしれませんわ！……そういえば、こちらのお屋敷もお庭も、ずいぶんと整えられたのですね！　見違えてしまいましたわ！　もしや旦那様が手配なさったのですか？」

「っ！　い、いや、これはっ」

「違うのですか？　ああ、もしやアルフレード様がっ？　リディア様だけでなく婚家であるガストーニ家のことまで考えてくださっているなんて、本当によくできた娘婿様でいらっしゃいますわねえっ！」

マファルダが大げさな声で言って、うんうんとうなずいて続ける。

「リディア様は、とても素晴らしい方に縁づかれましたわ。ええもう、あの好色な伯爵様とは比べものにならないくらい！　それは旦那様が、一番よくおわかりになっていらっしゃるのではありませんか？」

にこにこと笑みまで見せながら、マファルダがさんざんアルフレードを褒めちぎるものだから、さすがの父も言い返すタイミングがない。

何か言い返そうとしばし考えているふうだったが、やがてはあとため息をつき、首を横に振って、降参したみたいに言った。

「……ああ、ああ！　もうわかった！　私だとてわかっておるとも、そんなことは！　誰に言われるまでもなくな！」

「お父様……？」

「だが、ここで立ち話を続ける気はない。リディアはあとで庭に来なさい。茶でも飲みながら話をしよう。二人で、静かにな」

せめてもの意趣返しといった口調で父が言って、屋敷の奥へと戻っていく。

マファルダが小さく笑って言う。

「まったく、旦那様も素直じゃないんですから！」

「マファルダはちょっと、言いすぎだと思うわ？」

「仕方ありませんわ、大事なお嬢様のためですもの！　さあリディア様、長旅でしたし、お茶の前にお召し替えをしませんと」

「……ええ、そうね。わかったわ」

半ば呆れながら返事をするが、マファルダがアルフレードをそんなにも買ってくれているなんて、妻として嬉しい。

父にどんな土産話をしようかと考えながら、リディアは屋敷の中へと入っていった。


「……ほう、馬上槍試合か。若い頃にジュリアを連れて見に行ったことがあるな」

「お父様もごらんになったことがあるのですか？　すごく勇壮で、わたし感動してしまいましたわ。アルフレードもとても強かったし」

「そうか。だがまあ、辺境騎士団の分隊長、何よりおまえをこの家からさらっていった男ならば、そうでなくては困るがな」

ふふん、と笑ってそう言う父に、リディアはなんだかほっとするのを感じた。

美しく整えられた庭で、父とゆったりお茶を飲みながら話すなんて、ずいぶんと久しぶりのことだ。

あんなふうに家を出てしまったので、きっと父はアルフレードや自分を許しがたく思っているのではと、リディアは考えていた。

こういう機会もしばらくないかと思っていたのだけれど、こうして父と話してみると、どうやらもう怒ってはいないようだと感じる。

しみじみとリディアを眺めて、父が言う。

「……まあ、なんだ。結果的には、よかったのかもしれんな」

「……？」

「夫の話をするおまえは、花のような顔をしている。とても幸福そうで……、懐かしい顔を思い出す。ジュリアの若い頃のな」

「お母様の……？」

どこか遠くを見るような目でそう言われて、軽い驚きを覚える。

母を亡くしてから、父が昔の話をすることはあまりなかった。

最初はそれを冷たく思い、母のことを愛していなかったのかしら、などと思ったりしていたが、修道院に入って書物などを読むようになって、それだけ哀しみが深かったのかもしれないと思えるようになった。

自分が結婚した今では、周りからの再婚のすすめをずっと断っている父は、まだ母を愛しているのかもしれないと感じている。

二人は、どんな夫婦だったのか。

興味を覚えて、リディアは訊いた。

「お父様とお母様は、どんなご縁で結婚なさったの？」

「うん？　ああ、そういえば、話したことがなかったな。私とジュリアとは、父方の遠い親戚同士でな。親同士が決めた結婚だった」

父がそう言って、つけ加えるように言う。

「だが、ジュリアとは妙に気が合ってな。結婚の話が出るまで会ったことがなかったから、手紙のやり取りをしたんだが、そこでお互いに好意を持って……、顔合わせの席で、一気に恋に落ちた」

（恋……！）

思いがけない父の言葉に、知らず頬が熱くなる。

両親が恋心で結ばれていたなんて、初めて知った。父が少し照れたような目をして言う。

「結婚してすぐにおまえが生まれて、私もジュリアもとても嬉しかった。幸せな毎日がずっと続くものだと、あれも私も思っておったさ。だが、な……」

父が言葉に詰まったみたいに黙って、それからつらそうに言う。

「領地の不作や身内の不幸が続いて、ガストーニの家はひどい財政難に陥ってな。余計な苦労をかけたせいで、ジュリアは病《やまい》で呆気なく死んでしまった。あんなにも早く別れのときが来るなどとは、まさか思いもしなかった」

(お父様……、そんなふうに思っていらしたのね)

母が病気で亡くなったとき、リディアはもう九歳だったから、臨終のときのこともちろん覚えている。

お父様の言うことをよく聞いて、立派な貴婦人になるようにと、そう言われたのが最後だったように思うけれど、父とそのときのことを話したことは今までなかった。

恋に落ち、愛し合っていた母を失った父が、深い哀しみをずっと胸の内に秘めてきたのだと思うと、ジワリと目が潤みそうになる。

気持ちを落ち着けようとするみたいに、父がお茶を一口飲んで続ける。

「ジュリアが死んだとき、私は強く思った。娘のおまえは必ず幸せにしてやらねばならぬと。よき結婚相手に縁づかせて、何不自由ない暮らしをさせてやらねばとな。だからこそ、例の伯爵からの縁談もありがたくお受けしようと考えたのだが……」

どこかバツが悪そうな笑みを見せて、父が言う。

「今となっては、破談になってよかったと思っている。ふた回りも年上の、よくない噂のある伯爵に娘をやろうなんてどうかしていた。今のおまえを見ていると、本当にそう思う。まあこれも、夫君のおかげなのだろうな」

「……お父様……」

父のことを、どちらかというと独断専行な人だと思っていた。

結婚相手が決まったからと突然修道院から呼び戻され、翌日には顔合わせをすることになったときも、貴族の娘の結婚なんて誰でもそんなものなのだろうとは思いつつ、もう少しこちらの気持ちも考えてくれたらいいのに、と感じていた。

でも、父は父なりにリディアの幸せを考え、大事に思ってくれていたのだ。そうわかってみると、やはり嬉しい。

そして改めて思う。父のためにも母のためにも、幸せになりたい。

自分を深く想ってくれているアルフレードと生涯添い遂げ、できれば彼の子供を産んで、大切に育てていきたいと。

リディアは笑みを見せて、父に告げた。

「……お父様。アルフレードが、お父様とゆっくりお話がしたいって、そう言ってたわ」

「ほう？」

「美味しいワインを手土産に、ここに来たいって。遠征任務が終わったら」

「ふふ、そうか。待っていると伝えてくれ。おまえもまたと来るといい。いつでも待っているぞ？」

そう言って、父が微笑む。

どうやらアルフレードは、娘婿として父に受け入れてもらえたみたいだ。こんなに嬉しいことはないし、彼が帰ってきたら真っ先に伝えなくては。

もしも遠征が長くなるようなら、手紙を書くのもいいかもしれない。

いつになく楽しい気分で、そう思っていると――――。

『……お二人は、こちらです！』

『ありがとう。助かりましたよマファルダ。マファルダさん』

生垣の間から、不意にマファルダと誰か男性の声が聞こえてきたと思ったら、フォリーノ司祭が顔を出した。

いつも穏やかな表情をしているのに、なぜだか今は険しい顔つきだ。父とリディアの顔を順に見つめて、フォリーノ司祭が言う。

「……ガストーニ卿、リディア夫人。突然お邪魔してすみません。実は少々、悪い知らせが届きまして」

「悪い知らせ？　いきなりどうしたのだね、司祭？」

当惑しながら父が訊ねると、フォリーノ司祭の背後から小柄な少年が現れた。

それがアルフレードの従卒のルカだったので、リディアは胸騒ぎを覚えて立ち上がった。

駆けてきたのか、ルカが息を切らしながら言う。

「ああ、奥様……、リディア奥様っ……！」

「どうしたの、ルカ？　あなたは、アルフレードについて護衛任務に向かったはずでしょう……？」

「申し訳ありません、従卒の私だけがおめおめとっ。本来であれば、奥様の前に顔など出せるわけもないのですがっ」

「何か、あったのねっ？　いったい何があったの、ルカ！」

思わず駆け寄ると、ルカが目に涙をためてこちらを見た。

「アルフレード様の行方《ゆくえ》が、わからなくなってしまいました」

「行方がっ？　で、でもっ、国境までの街道は、一本道では？」

「はい。視察団と護衛隊は街道を下り、国境へと向かうため王領内を順調に進んでいました」

ルカが言って、眉根を寄せる。

「ですが、王領中央部の、山深い場所にある森に差しかかったところで、視察団が何者かの襲撃を受けました。護衛隊によってどうにか賊を打ち負かすことができましたが、アルフレード様は公爵様をかばって負傷され、そのまま谷底の川へとっ……」

「……落ちた、の……？」

恐る恐る訊ねると、ルカが消え入りそうな声で言った。

「……はい……。川は急流で、アルフレード様は流され、そのまま行方知れずに……！」

「う、そっ……」

「……リディアっ！」

父が叫んだ声だけが、かろうじて耳に届いた。

あまりのことに、リディアはその場で気を失っていた。


「……う、ん……？」

人の気配に、リディアはぼんやりと目を覚ました。

目の前には心配そうな顔のマファルダがいて、横たわるリディアの体にかけられた温かい毛布を、肩までかけ直してくれていた。

「マファルダ……、わたし……？」

「お祈りに疲れて眠ってしまったと、司祭様が」

遠慮がちなマファルダの声に、周りを見回すと、そこは教会の礼拝堂の控えの間で、リディアは長椅子の上に寝かされていた。

どうやら礼拝堂で祈りを捧《ささ》げているうちに眠ってしまい、司祭にここへ運ばれたらしい。

起き上がって伸びをしたリディアに、マファルダが気遣わしげに言う。

「リディア様、もう夜も更けて参りましたわ。お屋敷に帰りましょう」

「……いいえ。わたし、礼拝堂に戻るわ。まだお祈りの途中だったもの」

「でも、朝から何も召し上がっていないのでしょう？　無理をされてはお体に障ります。お屋敷に戻って、また明日来てはいかがです？」

「心配してくれてありがとう、マファルダ。でもわたしは大丈夫よ」

「リディア様……」

「今のわたしにできることは、アルフレードの無事を祈ることだけ。だからわたし、礼拝堂に行かなくちゃ。このまま朝まで、眠らずに祈るわ！」

アルフレードが行方不明になったと知らされてから、はや一週間。

リディアは毎日フォリーノ司祭の教会の礼拝堂で、昼も夜もアルフレードの無事を祈っている。根を詰めすぎてそのまま礼拝堂で気を失うように眠ってしまったのは、確かこれが三度目だっただろうか。

フォリーノ司祭はもちろん、父もマファルダもとても心配してくれているようだが、ガストーニの家でただ知らせを待っているだけなんて、心がどうにかなってしまいそうだ。食事だってほとんど喉を通らないのだから、教会で祈りを捧げているほうがずっといい。リディアはそう思い、教会に通い詰めているのだ。

マファルダがふう、と小さくため息をついて言う。

「……わかりました。リディア様がそこまでおっしゃるのなら、無理にとは申しませんわ」

「マファルダ……」

「ですがリディア様。何も食べなくては、アルフレード様がお帰りになる前にあなた様が参ってしまいますわ。せめてこちらを召し上がってください」

マファルダが傍らのテーブルから小さなバスケットを取って、こちらによこす。

中身はパンとチーズ、それにワインのようだ。リディアが家に帰るのを拒むかもしれないと予想して、持ってきてくれたのだろう。

長年傍にいてくれている乳母ならではの気遣いに、涙が出そうになる。

「……ありがとう、マファルダ。お父様にも大丈夫だからと伝えておいてね？」

そう告げると、マファルダはうなずいて、控えの間を出ていった。

リディアはバスケットからパンを取り出し、ひとかけちぎって口に入れた。

とても美味しいパンのはずなのに、なんだかぜんぜん味がしない。

（……アルフレード……、いったいどこへ行ってしまったの？）

アルフレードが行方不明になった渓流は、王領の中央にそびえる山々の間や森の中を流れる蛇行した川で、下流のほうで王都近郊へと続く大きな川に流れ込んでいる。

落水した日から数日間、護衛隊による大規模な捜索が行われたが、結局アルフレードは見つからなかったようだ。

賊の襲撃による負傷者が思いのほか多かったこともあり、六公爵による協議の結果、視察そのものを中止することが決定し、十人ほどの分隊を捜索隊として残して、視察団は王都に帰還することになった。

それを聞いて、父などはもうアルフレードは死んだものと考えているようだった。だからこそ、教会に通い詰めるリディアを無理に家に帰らせようとはしないのかもしれない。

(彼が死んだなんて、考えたくない)

もしもアルフレードが、帰ってこなかったら。

このまま二度と会えず、触れ合うこともできなかったら。

最悪の事態を想像をするたび、怖くて体が震える。

何事もなかったみたいに、笑顔で帰ってきてほしい。屈託のない少年のような顔で変わらぬ愛を告げ、抱き寄せてキスしてほしい。

彼が生きて帰ってきてくれるなら、自分なんてどうなってもいいと、そんなふうにすら思うほどに、リディアは彼を求めている。

(わたし、愛しているんだわ。アルフレードを、心から……！)

恋とはどんなものだろうと、漠然とそう思っていた。

けれど彼を想うこの気持ちは、間違いなく愛情だ。胸が張り裂けそうなほどの愛おしさに、声を立てて泣き出してしまいそうになる。

でも、今は泣くときではないとも思う。勇敢な騎士、アルフレードの妻として、毅然《きぜん》と振る舞うべきときなのではないかと。

『……ああ、よく戻ったねダンテ! 待っていたよ!』

「……?」

マファルダが持ってきてくれたパンとチーズを少しずつ食べていたら、礼拝堂のほうからフォリーノ司祭の声が聞こえてきた。

ダンテが礼拝に来たようだ。彼は普段から、あまり人のいない夜に教会に来ることが多いようだが、ここ数日は姿を見せなかった。フォリーノ司祭もいくらか気にしていたのだろうか。

『なんと……、それは確かかい?』

『はい。間違いありません。彼は……』

『……なんということだ……』

控えの間の細く開いたドアから、二人が声を潜めてぼそぼそと何か話しているのが聞こえてくる。

深刻そうな声だが、なんの話をしているのだろう。敬虔な信徒であるダンテと司祭との会話だから、何か信仰に関する話かと思ったが、どうやらそうではないようだ。

気になってしまい、ドアの近くまで行って耳をそばだてていると。

『ああ、ルカ。積み荷の用意は終わったかい？』

（……ルカ？）

アルフレードの従卒の、あのルカか。捜索隊に加わって現地に行くと聞いていたのだが、戻ってきているのだろうか。

『はい、司祭様。すぐに出発できますよ』

『了解だ。ダンテ、すまないが留守を頼めるかい？』

『承知しました。司祭様のお顔をごらんになれば、アルフレード様も回復されるかもしれませんしね』

「……っ？」

ダンテの言葉に耳を疑った。

ドアの隙間から礼拝堂を覗くと、フォリーノ司祭とダンテ、それに従卒のルカの姿が見えた。

もしやアルフレードが見つかったのだろうか。それなら自分も連れていってほしいと、皆の前に進み出てそう言おうとしたのだが――。

『それにしても、司祭様。今後どうしますか？　あの状態で王都に連れ帰る、というのはさすがに……』

『ああ、いい考えだとは言えないだろうね。そもそも連中の襲撃を受けたということは、あの方の存在自体がすでに知られてしまっていると考えて間違いない。それならむしろ、死んだことにして隠しておくほうがいいのではないかな？』

（……いったいなんの話を、しているのっ？）

あの方、というのは誰のことなのだろう。

育ての親と武術の師匠である二人が、アルフレードをそんな呼び方で呼ぶのはおかしいが、そういえばダンテは、今しがた「アルフレード様」と呼んでいた。

それに死んだことにして隠すだなんて、そんな妙な話があるだろうか。

まったくわけがわからないけれど。

（どんな現実だって、わたし、知りたいわ）

たとえ何が起こっているのだとしても、アルフレードのことが少しでもわかったなら教えてほしい。リディアはそう思い、意を決してドアを開け、三人の前に歩み出た。

フォリーノ司祭が驚いた顔でこちらを見る。

「リディア嬢！　……ああいや、リディア夫人。申し訳ない、起こしてしまったかな？」

「先ほど目が覚めました。そうしたら、お三方の声が聞こえてきて……。アルフレードのこと、何かわかったのですか？」

すがるように訊ねると、ルカがどうしてか、ああ、と哀しげに嘆いて顔を両手で覆った。

その肩をそっと抱いたダンテは、まるで慰めているみたいな様子だ。

まさかアルフレードに、何か大変なことが……？

「……ふむ、そうか、リディア夫人なら、もしかしたら……」

思案げにフォリーノ司祭が小首をかしげ、それからこちらに近づいてきて、声を潜めて続けた。

「リディア夫人。よく聞いてほしい。実は、アルフレードが見つかってね」

「っ！」

「捜索隊とは別の、ダンテと彼の仲間たちの手で見つけ出されて、安全な場所に保護しているんだ」

「本当ですかっ？」

「ただ、足を少し痛めていてね。ほかにも、すぐにこちらへ連れ戻せない事情があって……。これから様子を見に行くんだが、よければきみも来るかい？」

「わたしもっ？　いいの、ですか……？」

思いがけない提案に、ダンテが驚いて何か言いかけるが、フォリーノ司祭は軽く手を上げてそれを制した。いつになく真剣な目をしてこちらを見つめて、司祭が言う。

「もちろん。だが一つだけ約束してほしい。これから行く場所できみが何を見て、どんな事実を知ったとしても、それを誰にも話さぬことを。すべてきみの胸の中に収めて、秘密にすると」

「わたしの胸の、中に？」

「そうだ。もしも秘密が洩れれば、今度こそアルフレードの命が危ない。場合によってはきみにも危険が及ぶだろう」

「……！」

不穏な言葉に、思わずビクリと震える。

穏やかな声音だが、生半な気持ちでついてくることは許さないと、そう言っているみたいだ。いったいアルフレードにどんな秘密があるというのだろう。

「どうだろう。約束してくれるかい、オルフィーノ騎士爵夫人？」

「わかりました。お約束しますわ！」

とにかくアルフレードに会いたい。リディアはその一心でうなずいていた。


「リディア夫人、リディア夫人」

「ん、ん……？」

「起きなさい。そろそろ着くよ」

フォリーノ司祭に肩を揺さぶられ、リディアは目を覚ました。

揺れる馬車の窓の外は明るい。もう夜が明けたのだろうか。

(もうすぐアルフレードに会えるのね)

秘密を守ると約束したリディアは、フォリーノ司祭とともにルカが用意した馬車に乗り込んだ。

護衛もなく馬車一台で夜通し街道をひた走り、王領の山深い森の中に分け入って、アルフレードが保護されている山小屋へ向かう、と聞いたときには、いくらか不安もあったが、日が昇れば森も明るい。

何より、愛しい夫の元へ向かっているのだと思うとやはり嬉しく、心が沸き立つような気分でもある。足を怪我《けが》しているという話だが、命に別状がないならそれだけでも奇跡と言っていいだろう。

窓の向こうを過ぎゆく木々を眺めながら、はやる心をどうにか抑えていると、やがて馬車が止まった。

ルカが駆けていった先には小さな山小屋があり、煙突からは煙が上がっている。

ドアをノックすると、中から村人ふうの格好の体の大きな男性が一人出てきた。

フォリーノ司祭が言う。

「彼はここの森番で、アルフレードを見つけてあそこへ運び、傷の手当てをしてくれた男だ。

そのまま身の回りの世話をしてくれている、ダンテの仲間だよ」

「ダンテさんの……？」

そういえば、アルフレードを見つけたのは捜索隊とは別の、ダンテの仲間だと、フォリーノ司祭が言っていた。

ブルーノ近郊の山で炭焼き職人をしているダンテと、王領の森番の男性が、どういう仲間同士なのかはわからないが、アルフレードを助けてくれたのならきっと頼りになる人なのだろう。

ルカがこちらを振り返ってうなずいたので、フォリーノ司祭が馬車を降りる。

彼に手を取られてリディアも続くと、フォリーノ司祭が念を押すように言った。

「あそこに、アルフレードがいる。何が起きても驚かないようにね」

「……はい」

いったい何が起きるというのだろうと、不安で足が震えるけれど、とにかくアルフレードが生きていることを確認したい。そう思いながら、小道をゆっくりと歩いて山小屋へと近づいていく。

森番の男が会釈をしてドアの脇に退いたので、中へと入っていくと。

「……アルフレード……！」

粗末な山小屋の、木でできたベッドの上。

アルフレードが長い手足を持て余すように投げ出して力なく横たわっている。その左足には包帯が巻かれ、添え木がされている。

苦しげに目をつぶっていたから、よほど具合が悪いのかとヒヤリとしたが、リディアの呼びかけに、彼が美しい漆黒の瞳をこちらに向けた。

(生きていた……、アルフレードが、生きてっ……)

その事実に、知らず涙が溢れてくる。

「アルフレード……、よかった、生きててくれて……」

よろよろとベッドに近づきながら、リディアは言った。

「わたし、あなたの無事をずっと祈っていたわ。きっと神様が聞き届けてくださって……!」

「……そなたは、誰だ?」

「……え……?」

「俺の新しい世話係か? 名を、なんと言う」

まるで見知らぬ人間を見るような目をして、アルフレードがそんなことを言うので、一瞬何かの冗談かと思った。高貴な身分の人が使うような言葉遣いも、アルフレードにはぜんぜん似つかわしくない。

でも冗談だったなら、いつもの少年のような表情を見せて、すぐに笑い飛ばしてくれるはずだ。

なのにその顔には、まったく表情がない。悪い感情を持っているとか冷たいというのではなく、そもそも感情というものをどこかに置いてきてしまったみたいな顔だ。

フォリーノ司祭の元に引き取られてきた頃、近所の子供たちと打ち解けない、何を見ても笑わない子と言われていた頃の……。

「彼女は、リディア夫人ですよ」

「エンツォ……！」

「ご無事で何よりです、アルフレード様。今度ばかりはさすがに肝を冷やしました」

動揺した様子など少しも見せず、フォリーノ司祭がリディアに続いて小屋の中に入ってきて、アルフレードに微笑みかける。

エンツォというのは、確かフォリーノ司祭の名だ。

でもフォリーノ司祭を名で呼ぶアルフレードも、アルフレードに敬称を使うフォリーノ司祭も、リディアは今まで一度も見たことがない。

いったい何がどうなっているのかわけがわからず、二人の顔を順に見ると、フォリーノ司祭がさりげない様子で言った。

「リディア夫人はあなたの奥様ですよ、アルフレード様」

「妻？　俺の？」

「はい。私の教会で結婚式を挙げました」

「おまえの、教会で？」

アルフレードが司祭の言葉を繰り返す。

いくらか混乱を覚えている様子だ。リディアだって当惑しきっているが、少しずつ状況がわかってきた。

アルフレードは、リディアを覚えていないのだ。

「……俺は、結婚を、して……？　う、ぅ……！」

リディアの顔をじっと見つめて独り言ちたアルフレードが、急に痛みを感じたみたいに頭を押さえて目を閉じる。

すると背後から、森番の男が小声で言った。

「アルフレード様は、お疲れのご様子です。どうかお話は、またあとに……」

「ああ、そうだね。リディア夫人、こちらに」

フォリーノ司祭が先に立ってドアのところまで行き、手招きをする。

リディアは呆然としながら、彼に続いて小屋を出た。

「驚かせたね。大丈夫かい？」

「……はい。でも、いったいどうなっているんです？　アルフレードは、わたしのことを忘れてしまったのですか？」

小屋の外、森が切り開かれて庭のようになっている場所で、切り株を椅子代わりに腰かけて、リディアはフォリーノ司祭に訊ねた。

思案げに小首をかしげて、司祭が答える。

「きみを忘れた、というか、ブルーノの町に着いてから今に至るまでの十数年のことが、わからなくなっているみたいだね。ああ、ルカ。どうだった？」

あたりの様子を見に行っていたルカが戻ってきたので、フォリーノ司祭が訊ねると、ルカが傍まで来て言った。

「このあたりに誰か立ち寄った気配はありませんでした。馬車がここへ来たことも、誰にも知られていないと思われます」

「そうか、よかった。ときに、アルフレードはきみのことを……？」

「誰だかわかっていらっしゃいませんでした。従卒だということも……」

ルカが言って、目に涙を浮かべる。フォリーノ司祭がなだめるように言う。

「きみのせいじゃないよ、ルカ。もしも今回の出来事に責任を感じているのなら、その必要はない。きみはよくやってくれている」

「司祭様……」

「だが、やはりそうか。彼は覚えていない、もしくは、思い出すことができないのだね。健忘、とかいうのだったかな、そういう状態を」

フォリーノ司祭が言って、顔を曇らせる。

「彼が私のことをエンツォと名で呼ぶのは、教会で暮らすようになるよりも前の、六、七歳の頃以来だ。川に落ちたショックか何かで記憶が混乱しているのかもしれないな」

「そんなことって……！」

それが本当なら、アルフレードはリディアの存在そのものを知らないことになる。

あんなにも情熱的に愛を告げ、さらうみたいに結婚して、何度も甘く結び合ってきたというのに、何も覚えていないのだろうか。

信じられないほど呆気なく、二人の間の何もかもが失われてしまったみたいで、泣きそうになる。

(……でも、彼は生きていてくれた。生きてさえいれば、きっと……)

とんでもなく恐ろしい事態だけれど、少なくともリディアは、アルフレードが立派な騎士であることを知っている。

幼なじみとしてともに過ごした頃の思い出もたくさん覚えているし、時間をかけてそれを話して聞かせれば、やがて思い出してくれるかもしれない。

それはもう、そう信じるしかないのだけれど——。

(司祭様は、幼い頃のアルフレードを知っているの？)

彼の言葉からすると、どうやらそのようだ。

でも、アルフレードに敬称をつけて敬語で話すのは、なんだか少し不思議な感じがする。

もしや、知られてはいけないアルフレードの秘密とやらと何か関係があるのではないか。

そんな疑問を覚えて、リディアは訊ねた。

「……あの、司祭様。ちょっと、お訊きしても？」

「なんだい？」

「その……、ブルーノに来る前のアルフレードは、どんな子供だったのです？」

そう訊ねながら、リディアは先ほどのアルフレードの様子を思い出してみた。

「アルフレードのさっきの話しぶり……。ただの六、七歳の子供の口調とは思えなかったです。平民のそれとも、なんだかとても違っていましたし」

「……リディア夫人……」

「隠さなければならないアルフレードの秘密というのは、もしかして、そのことと関係があるのですか？　司祭様やダンテさんが、ときどき敬称をつけて彼を呼ぶことにも？」

心に浮かぶ疑問を余さずぶつけると、フォリーノ司祭がふむ、と考え込むような声を出した。

その顔をちらりと見て、ルカが言う。

「司祭様。リディア奥様は、心からアルフレード様を想っていらっしゃいます。ちゃんとお話しして差し上げたほうが……」

「うん、そうだね。そうすべきときだと、私も思っているよ」

フォリーノ司祭がうなずいて、こちらを見つめる。

「とはいえ、まだすべてを話すことはできないのだが……」

「お話しできることだけでいいです。わたしにも教えてください。わたし、彼のことを知りたいんです……！」

アルフレードを愛しているから、彼の助けになりたい。そのために、自分にも秘密を打ち明けてほしい。

強い思いで顔を見つめると、フォリーノ司祭が笑みを見せた。

「きみはとても聡明で、心の強い女性なのだね。さすが、アルフレード様が生涯をともにする伴侶として選んだだけのことはある」

司祭がそう言って、こちらを真っ直ぐに見つめて告げる。

「実はね……。アルフレード様は、とある高貴な血を受け継ぐ方なのだよ」

「高貴な、血？」

「そうだ。そしてそれがゆえに、敵対者に命を狙われた。……と言っても、彼は表向きにはすでに死んだことになっているのだがね」

「っ？　どういうことです？」

わけがわからず訊ねると、フォリーノ司祭が言った。

「混乱するのも無理はないね。ごく簡潔に説明すると、彼は幼い頃、王都でとある痛ましい事件が起きたときに、死んだものとされているのだ。だが逃げ延びていたことが知られてしまい、命を狙われるようになった。ブルーノの私の教会に身を潜め、孤児のふりをして暮らし始めるまで、何度もね」

「彼に、そんな過去が……？」

「ああ。だがそれから十二年もの間、彼はしたたかに生き抜いてきた。王国辺境騎士団の騎士という、本来の彼の身分とはまったく別の人物として活躍し、人望を集めることすらもできたのだ。それは彼がアルフレードというごくありふれた名で、黒髪に黒い目というごく一般的な容姿であったこと、そして何より、ブルーノできみやほかの人たちとかかわる中で、庶民らしい振る舞いを身に着けることができたからこそ、可能だったことだよ」

感慨深げにそう言って、フォリーノ司祭が顔を曇らせる。

「だが敵はついに、オルフィーノ騎士爵アルフレードこそが、逃げ延びた子供だったのだと勘づいたようだ。だから視察の護衛任務に乗じて隊を襲い、彼を殺そうとした。これはそういう、大きな陰謀にかかわる話なのだ」

（陰謀、だなんて……）

予想を超えた話に、思考がついていかない。

教会に身を寄せる身寄りのない少年だと思われていたのが、のちに騎士爵の息子であることがわかり、引き取られて騎士となった、というだけでもめったにないような話なのに、実は高貴な血を引く者で、さらには敵がいて、命を狙われただなんて。

まるでおとぎ話か、冒険譚の世界だ。秘密にしなければならないような話であるのはわかるが、誰かに話したところですんなり信じてもらえるとも思えないのだが……。

「先代のオルフィーノ騎士爵や私、ダンテ、ルカの父親などは、幼少の頃から密かにアルフレード様に仕え、お守りしてきた。同じように身分を隠して彼に仕えている者、あるいは協力者は、国内のあちこちにいてね。先ほどの森番の男、カルロというのだが、彼もそうだ」

フォリーノ司祭がリディアが理解できるようゆっくりとした口調で言う。

「アルフレード様が行方知れずになってすぐ、ダンテが伝令を走らせて、身分の確かな者に彼を捜させた。捜索隊に敵が潜んでいたら困るからね。それで、どうにか捜索隊に先駆けてカルロが見つけ出して、ここに連れてくることができたものの、あのような状態に陥っていたというわけさ」

「……そうだったのですね。だから、連れ戻せない事情があるとおっしゃったのですね？」

確かに、あんな状態の彼を人目にさらすわけにはいかないだろう。

どこか別の場所に移すとしても、彼を狙う敵がいるのなら危険がつきまとう。

これからいったいどうするつもりなのだろう。リディアは不安を覚えながら訊いた。

「アルフレードは、どうなってしまうのです？　よくなるまでここにとどまるのですか？」

「少なくとも、捜索隊が王都に帰るまではそうだね。探りを入れた限りでは、捜索はあと数日で終わるだろうということだ。だがアルフレード様は足を怪我していて、あのとおり記憶に問題もある。しばらくはここで療養するほうがいいだろう」

そう言って、フォリーノ司祭がリディアを見つめる。

「だが、カルロにも表向き森番としての仕事があるし、頻繁に誰かをここに出入りさせれば、それだけ敵に見つかりやすくなる。まだアルフレード様が本来の身分を明かせるときではないから、できればこのまま死んだことにして、存在そのものを隠しておきたいのだ」

「存在そのものを、隠す……」

確か教会で、ダンテともそんな話をしていた。やはりそれが一番なのだろうか。

「ときに、リディア夫人。きみにお願いがあるのだが」

「わたしに？」

「ああ。きみは彼の妻だ。よければここにとどまって、アルフレード様の看病や身の回りの世話をしてもらえないだろうか？」

ためらいを見せながら、フォリーノ司祭が訊いてくる。

お願いされなくても、このまま帰るつもりなどなかった。リディアはうなずいて答えた。

「もちろん、かまいません。というより、どうかわたしにやらせてほしいと、むしろこちらからお願いしたいくらいです」

「本当かい？」

「ええ。わたしがここで彼のお世話をします。彼の妻として、それがわたしの務めですから！」

知らずきっぱりとした口調で快諾すると、フォリーノ司祭がどこかほっとした顔をした。

秘密を打ち明けてもらったのだから、自分にできることはなんでもしたい。

何より、アルフレードが回復して、元の快活で明るい彼に戻ってくれるのなら、どんなことでもしてあげたい。

思いがけない出来事に巻き込まれ、翻弄されながらも、リディアは強くそう思っていた。

第五章　もう一度、恋を

（あら。まただわ……）

スープの鍋をかき混ぜながら、リディアは耳を澄ませた。

アルフレードが、部屋で何か独り言を言っている。

どうやら詩のようなものを暗唱しているようだ。

幼い頃、アルフレードはときどきそうやって声に出して何かをそらんじていた。

外国の言葉なのか、リディアには意味がわからなかったが、ここに来てから何度かそうしているのを聞いている。

記憶の一部を失ってしまったのに覚えているなんて、彼にとってよほど印象深い詩なのだろうか。

山深い森の奥にある、小さな山小屋。

かまどのある土間と、木でできたベッドが置かれた部屋がひと部屋あるだけの手狭なこの小屋で、リディアがアルフレードと再会して、一週間ほど。

森番のカルロが、アルフレードが寝ているベッドの反対側に、もう一つ小さなベッドをしつらえてくれたので、リディアはそこで寝起きをして、アルフレードの身の回りの世話をしている。

水は庭先に掘られた井戸からくむことができるので、慣れないながらも最低限の炊事や洗濯は一人でなんとかこなせている。

薪《まき》は豊富にあり、食材も定期的に届けてもらえることになっているので、リディアはそれを使って食事を作っていた。

「アルフレード、それは詩なの？」

リディアはスープ皿にスープを注ぎながら、ベッドに起き上がって座り、詩を口ずさんでいるアルフレードに訊ねた。

「……うん？　ああ、そんなようなものだ。こうなってしまっても思い出せるのは、幼い頃に覚えたものだからかな」

「それって、外国語よね？　どんなことを歌っているの？」

振り返って訊ねると、アルフレードが少し考えるような顔をしてから答えた。

「神への賛美と、大地の恵みへの感謝。そして、王国の繁栄を祈っている。外国語ではなく、王国の古語で書かれたものだよ」

「そうなの……？」

幼い子供が覚えるにしては、ずいぶんと難しい詩だ。

高貴な血を引くというからには、アルフレードは本当は貴族か何かで、幼い頃から高等な教育を受けていたのだろうか。

「そなたのほうこそ、今日は何をこしらえているのだ？」

「豆とお肉のスープよ。食べられるかしら？」

「もちろんいただくよ。いつもありがとう」

アルフレードがそう言うので、パンとスープ皿をのせた盆を持っていくと、彼がかすかに目を見開いた。

「……これは、なんとなく覚えがある。もしや、俺はこれが好きだったのではないか？」

「ええ、そうね。豆と塩漬け肉を柔らかく煮たものが、特に好きみたいだわ。子供の頃からずっとよ」

「そうか……。では、いただくとしようか」

アルフレードが匙《さじ》を取り上げ、スープをすくって口に運ぶ。

もぐもぐと味わい、うなずいて言う。

「とても美味だ、リディア」

「それはよかったわ」

「昨日こしらえてくれたジャガイモと干し魚のスープも、とても好きな味だったな」

「あれはごく最近作れるようになったの。ブルーノにいた頃は食べたことがなかったのだけれど、王都では定番だと聞いたし、アルフレードが大好きなスープだと言うものだから、コック長に教えてもらってね」

「なるほど、そうだったのか」

さらさらと匙を口に運んで、アルフレードが言う。

「でも、不思議だな。そなたは貴族令嬢なのだろう？　こうやって自分で料理を作ったりする女性は、珍しいのではないか？」

「まあ、そうね。普通はしないかもしれないわ。でもガストーニの家はそれほど裕福じゃなかったし、修道院では修道女も料理を作っていたから。何よりわたし、料理をするのが好きなの。お菓子なんかも焼くわ」

「菓子もか？　それはすごいな」

アルフレードが目を丸くする。

リディアが焼いたケーキを、あんなにも美味しそうに食べていたのにと思うと、なんだかちょっと複雑な気持ちになってしまう。

(アルフレードのほうこそ、不思議だわ)

記憶に混乱がある状態のアルフレードだが、すべてが幼い子供の頃に戻ってしまったというわけではないようだった。

ほとんどの受け答えはごく普通で、先ほどのように詩を暗唱したり、王政や政治の話など、普通の子供は話さないようなことを口にすることもあった。

一方で、その話し方は、リディアのよく知っている明るく人懐っこい話しぶりとはまったく違っていた。

明らかに庶民の口調ではない言葉遣いをすることもあるし、それは貴族のそれと比べてもどこか硬く、何やら浮世離れしたような不思議な響きが感じられる。

表情はブルーノに来た当初の「笑わない子」と言われていた頃のように変化が乏しく、記憶も、その当時や王都の騎士爵の元に引き取られて騎士を目指していた時代、そして今に至るまでのことについてはあまりよくわからないようだ。

妻だと説明されていなければ、もしかしたらリディアのことも、ただの世話係だと思っていたかもしれない。

そこだけは、やはりどうしても哀しく感じてしまって……。

「……リディア？」

「え」

「すまない、俺は何か、おかしなことを言ったか？」

気まずそうに問いかけられたから、はっとした。

慌てて笑顔を作って、リディアは言った。

「いいえ、そんなことないわ。貴婦人らしくないって驚くのも、無理はないし」

「だが、そなたはなんだか哀しそうだ。きっと俺が、妙なことを言ったのだろうな？」

アルフレードが言って、すまなそうな顔をした。

「誰かを哀しませるのは、とても心苦しいことだ。ましてそなたは俺の妻なのだから」

「アルフレード……」

「そなたを、きちんと思い出せたらいいのだが。こんなことになってしまって、本当に申し訳ない」

そんなふうに謝られたら、こちらこそすまない気持ちになる。

勇敢に賊と戦い、公爵をかばって川に落ちたからこそ、アルフレードは今のような状況になっているのだ。彼には何も悪いところなどないのだから、謝ったりしないでほしい。

リディアは首を横に振って言った。

「申し訳ないだなんて思わないで、アルフレード」

「リディア……」

「わたしはあなたが生きていてくれただけで嬉しいの。こうしてあなたと毎日一緒にいられるのに、哀しいことなんて何もないわ。本当よ？」

リディアは言って、あっという間に空になったスープ皿を盆から持ち上げて、精一杯微笑んで続けた。

「今はゆっくり療養して、まずは足の怪我が癒《い》えるのを待ちましょう。お腹いっぱい食べてよく眠れば、きっとすぐによくなるわ。だから、もう少しスープをどう？」

「……ああ、そうだな。じゃあ、いただこうか」

ためらいを見せながらも、アルフレードが答えたから、スープ皿を持って逃げるように土間に行く。

気丈に答えはしたものの、やはり寂しさをを感じて、まなじりが涙で潤む。

(わたしのことを、思い出してくれたら……!)

焦っても仕方がないとわかっているけれど、アルフレードの記憶から自分の存在が消えてしまったことが、哀しくてたまらない。存在だけでなく、自分に対する愛情までもすべて失われてしまったのなら、あまりにもやりきれない。

結婚こそ呆気なかったが、今のリディアはアルフレードを深く愛している。たとえ片想いになってしまったとしても、もはや彼への愛情が揺らいだりはしないと誓えるが、やはりとても切なく、心が苦しいことであるのに違いない。

互いに想いを抱き合い、愛し愛される温かい夫婦の関係を知ってしまった分だけ、哀しみを強く感じてしまうのだろうか。

でも、そのことよりも――――。

(記憶が戻っても、彼はずっとわたしの傍にいてくれるのかしら?)

フォリーノ司祭によれば、アルフレードは高貴な血を引いている。

だからこそ命を狙われた、という話だったが、アルフレードが一度は死んだことにして身を隠さなければならなかったほどの身分なのだとしたら、地方領主の娘である自分は、彼に釣り合うのだろうか。

アルフレードの世話をするようになってほどなく、リディアの胸にそんな疑問が湧いてきた。

そもそも、フォリーノ司祭があんなにもあっさりと二人の結婚式を執り行ってくれたのは、所詮戯れだと軽く見ていたからではないのか。

いざアルフレードが身分を明かし、表に出ていくことになったら、リディアは身を引かなくてはならないのでは。

そんな不安を、リディアはずっと拭えずにいる。

アルフレード自身にそんなつもりはなくても、高い身分に生まれついた者の結婚には様々なしがらみがあるのが普通だ。長年身を隠していたあと、存在を明らかにすれば、何か大きなお家騒動のようなことが起こるかもしれない。

そうなったら、もしかしたらリディアの存在が彼にとって不名誉であったり、弱点になったりする可能性もある。

互いの気持ちがどうあれ、アルフレードのためを思うのならばリディアが身を引いたほうがいいということも、十分に考えられるのだ。

ほんの短い期間とはいえ彼の妻として暮らしてきたリディアにとって、それはとてもつらく、切ない選択だ。でもいずれ別れることになるのだったら、今からその覚悟をしておかなければと、そんな気にもなってくる。

彼がいつか真の姿を公にさらすつもりなら、自分は絶対に彼の負担にはなりたくない。彼を心から愛おしく思うからこそ、彼の邪魔をしたくない。

それが今のリディアの、素直な気持ちなのだ。

先のことはわからないし、考えることが恐ろしくもあるけれど、彼の記憶が戻っても戻らなくても、リディアにとってつらいことが起こる可能性は否めない。

だったら、やはり相応の覚悟をしておかなければならない。それが自分のためでも、アルフレードのためでもある。

でも、せめて今の彼には、いつでも笑顔を見せよう。リディアはそう決めて、スープのおかわりを持って部屋へと戻っていった。


そんな毎日がそれから一週間ほど続いたある日のこと。ダンテが食材を手にやってきて、アルフレードの足の傷をみてくれた。

左足の膝下の皮膚に裂傷があり、もしかすると骨が折れているかもしれないと言われていたのだが、どうやらそこまではないらしい。皮膚の傷もおおむねふさがっていて、膿《う》んだり腫《は》れたりしているというわけではなかった。

立ち上がるとまだ痛みがあるようだが、少しずつ歩行訓練を始めてもいいのではないかと言ってもらえたので、リディアがそのやり方を教わり、翌日から早速やってみることになった。

「アルフレード、痛みはどう？」

「……少しだけ、痛むかな。でも大丈夫」

「じゃあ、入り口のドアまで行ってみましょうか？」

リディアがアルフレードに肩を貸し、痛めた左足に負担をかけぬよう支えながら、ゆっくりと歩く。

ベッドからドアまで、普通に歩けば五、六歩くらいだろうか。

ごく短い距離だけれど、今のアルフレードにはとても遠い。やはり痛むのか、一歩進むごとに眉間にしわが寄り、額には汗が浮かんでくる。

馬上槍試合での華麗な戦いぶりや、普段の彼の快活な所作をよく知っているだけに、自由に身動きが取れない今の状態はかなりつらいのではないかと思える。

なんとかドアのところまで行き、ゆっくりと時間をかけて戻ってくると、リディアはほっとして言った。

「すごくいいわ、アルフレード。毎日少しずつ歩けるようになってきているみたい」

「そう、かな？」

「ええ、そう思うわ。少し休む？」

「いや、もう一度、行ってみるよ」

アルフレードがそう言ったので、体の向きを変える。

二往復めの歩みは先ほどよりもかなり遅いが、まだ訓練を始めて数日だ。無理せず少しずつやっていけば、じきに歩けるように――。

「……もう一度、ドアのところまで行こう」

「え、でもすごい汗よ？　少し休んだほうが……？」

「いや、やる。俺には、こんなところでくすぶってる暇は、ないんだ」

「……っ？」

なぜだか少し強い口調でアルフレードが言って、またドアのほうへと歩き出したので、慌てて彼を支える。

その横顔を覗き見てみると、かなり苦しげだった。リディアは探るように訊いた。

「アルフレード、痛むのじゃない？」

「平気、だ」

「でも……、あ、待ってっ」

徐々にはあはあと呼吸まで乱れてきたのに、アルフレードは止まろうとせず、ドアにたどり着くとまたすぐにベッドのほうに戻り出す。

その様子がなんだか悲壮に感じられ、リディアはなだめるように言った。

「ねえアルフレード。少し休みましょう。無理をしたら体に障るわ」

「駄目だ。こんなこともできないようじゃ、俺はっ……」

「怪我をしているんだもの、仕方がないわ。ゆっくり、時間をかけて……」

「時間は待ってくれない。もう誰の命も失わせるわけにはいかないんだっ」

「何を言っててっ……？　あっ……！」

アルフレードが無理に大きく一歩を踏み出したものだから、こちらの体が追いつかず、彼の大きな体がよろけてしまう。

それに引っ張られるようにリディアが倒れかかると、アルフレードがはっと息をのみ、リディアの体を抱き込んだ。

そのままどうっ、と大きな音を立てて、アルフレードが背中から床に倒れ込む。

「きゃっ！」

とっさにかばってくれたから、こちらはアルフレードの胸に抱きとめられて無事だったが、頭を起こして見てみると、アルフレードは痛そうに顔をしかめている。

慌てて床に手をついて上体を起こし、アルフレードを見下ろして、リディアは言った。

「アルフレード、大丈夫っ？」

「……ああ。そなたこそ、どこもぶつけなかったか？」

「ええ、あなたがかばってくれたから。でもアルフレード、無茶をしては駄目よ！」

「そなたの言うとおりだ。すまなかった、リディア」

そう言ってアルフレードが、ふう、とため息をつく。

「つい、自分を追い詰めてしまったんだ。みんなを守らなければ、それが俺の使命なのにと、そう思って」

「それは……、もしかして、王国辺境騎士団の騎士として、っていうことっ？」

「いや、違う。俺がそう思ってしまうのは、その……、昔の出来事のせいなんだ。騎士としての記憶は、まだ……」

「……そう」

一瞬記憶がよみがえったのかと期待してしまったが、自分と出会う前の話なのだとわかって、ほんの少し気落ちしてしまう。

でも、『みんなを守るのが使命』だなんて、幼い頃からそう思っていたのだとしたら、いわゆる普通の子供の感覚とは明らかに違う。『もう誰の命も失わせるわけにはいかない』、という言葉だって、よほど鮮烈な体験がなければ出てこないだろう。

彼はいったい、どんな幼少期を過ごしてきたのだろうか。そして高貴な血を引くという本来の彼は、誰から何を守ろうとしているのだろう。

先ほどの悲壮な様子などを見ると、彼が抱えている秘密が、もしかしたらとてつもなく大きなものなのではないかと思えてくる。

たくさんの傷痕が残るこの体で守るべきものが、生身の彼の存在に比してあまりにも重く、巨大なのではないかと思えて、おののきすら覚える。

(……彼の妻ではなくなっても、わたし、アルフレードの力になりたいわ)

幼い頃から、彼には彼の宿命があり、リディアとはたまたま出会って恋をして、勢いで結婚してしまっただけなのかもしれない。

けれどリディアにとっても、アルフレードとの出会いはもはや運命だ。だったらその導きのまま、自分は彼を助けたい。

そんな思いが、胸に湧き上がってくる。

「……アルフレード。わたし、あなたを支えたいわ」

「え……」

「わたしのことを、思い出してくれなくてもいいわ。結婚したことを覚えていないのなら、初めからなかったことにしてもいい。でも、わたしにあなたを助けさせてほしい。傍にいさせてほしいの」

「……リディア……」

アルフレードが、驚いたように目を見開いてこちらを見上げる。

漆黒の瞳を見つめ返すと、アルフレードの顔がふと和らいだ。

そうしてどこか困ったような、それでいながら甘い目をしてリディアの顔を見つめてきたので、胸がドキリとしてしまう。

妻だと伝えてはいるが、彼の体の上に覆いかぶさってこんなにも顔を近づけて見つめ合うなんて初めてで、だんだん恥ずかしくなってくる。

リディアはおろおろと言った。

「……あ、あのっ、ごめんなさい……、わたしったら、いつまでもあなたの胸の上にっ」

「気にすることなどない。そなたは俺の、妻なのだろう？」

「それはそうだけど、でも、今は」

「ああ。俺はそなたを思い出せないし、これからも思い出せないかもしれない。でも、だからどうだと？」

アルフレードが言って、リディアの頬に手で触れ、髪をそっと耳にかけてくる。

何やら艶めいた仕草に頬が熱くなるのを感じていると、アルフレードが潜めた声で言った。

「そなたは優しくて、そして心の強い、とても素晴らしい女性だ。俺は今、心からそう感じている」

「ア、ル……」

「そなたとの時間を思い出せなくても、もう一度そなたを好きになることはできる。そなたを愛することもだ。俺がそうすることを、そなたは許してくれるか？」

「……！」

アルフレードの問いかけに、胸が甘くしびれる。

いずれ別れのときが来るかもしれないのなら、その想いを受け入れるべきではない。

理性ではそう思いつつも、アルフレードの言葉が嬉しくて、知らず涙が浮かんでくる。

何も答えられずにいるリディアの頭に手を添えて、アルフレードが告げる。

「そなたは魅力的だ、リディア。どうか、キスをさせてくれ」

「アル、フレ……、ン、んっ……」

頭を引き寄せられて口唇を合わせられ、背筋が震える。

リディアを覚えていなくても、それは確かにアルフレードの口唇だ。ちゅっと吸われ、こちらの口唇の結び目を舌でなぞられると、それだけで体に火がつきそうになった。

受け入れるように口唇を開くと、アルフレードの熱い舌が、ぬるりと口腔に滑り込んできた。

「……ぁ、ん……」

上顎を舐められ、舌下に舌を差し込まれて、はしたなく潤んだ声が洩れた。

こうして触れ合うまで、そんな気配などまったくなかったのに、甘い口づけの味わいに、体の芯が溶け始めるのを感じる。

思わず彼にすがりつくと、アルフレードがリディアの体を抱いて上体を起こした。アルフレードの腿の上にまたがるような格好になってしまい、慌てて足を閉じようとしたが、彼は気にせず、そのままぐっとキスを深めてくる。

「ん、ふっ、ぁ、ンっ……」

歯列を確かめるように舌で撫でたり、リディアの舌と絡め合ったり、あるいは口唇でちゅる、ちゅる、と吸い立てたり。

まるでキスの仕方を思い出したみたいに、アルフレードがリディアの口腔を余すところなく味わう。

そうしながらリディアの背中や腰、そしてお尻のふくらみを撫でてきたから、どうしようもなく息が乱れた。

リディアを覚えていなくても、彼はアルフレードだ。

その手がリディアに触れ、口唇と舌とでリディアを愛してくれている。そう思うだけで嬉しくて、体が熱くなってくる。

やがてアルフレードがゆっくりと口唇を離し、もはやその手で支えられていなければ倒れ伏してしまいそうなリディアを見つめ、ふふ、と笑った。

「……ああ、どうやらこの体には、そなたの記憶が刻みつけられているようだ。こうしているだけで激しく身が滾《たぎ》ってくる。そなたも、そうなのかな？」

「わ、たしっ……」

「どうすればいいかも、俺の体は覚えている。そなたと一つになりたくて、なんとも狂おしい気分だ」

情欲の熱を秘めた目をしてそう言われて、ドキドキと心拍が激しくなる。

その気持ちはリディアも同じだ。

でも、触れ合いたいなんてはしたないことを自ら口に出せるはずもなく、頬を熱くしながらうつむく。

するとアルフレードが、艶めいた声で言った。

「この責任は必ず取る。だからどうか、俺に身をゆだねてくれないか」

「ア、ル……、ぁ……！」

アルフレードの大きな手が、彼の上にまたがった格好のリディアのドレスのスカートの中に入ってきて、いくらか荒々しい手つきで下穿きの紐をほどき、そのままはぎ取って足から引き抜く。

見つめ合って触れ合うのが恥ずかしくて、身を寄せて首にすがりつくと、アルフレードがリディアのお尻をまさぐり、狭間に指を這わせてきた。

「は、ぁっ……」

彼の指が蜜で濡れる、ぬるりとした感触。

アルフレードとキスしただけで、リディアのそこはもう甘く熟れている。

花びらの中に指先を挿し入れられ、優しく前後に撫でられただけで、上体が跳ねそうなほど感じて、身震いしてしまう。

蜜壺の口を探られ、指先を沈められると、くぷりと淫靡な音が立った。

アルフレードがふふ、と笑って言う。

「こんなにも、ここを熱く潤ませて……。リディア、そなたはそれほどまでに、夫である俺を愛しているのか？」

「う、う……」

「俺は、そなたのその想いに応える。そなたを妻として生涯愛し続けると誓う。だからどうか、俺のものになってほしい。その身も、心も」

そう言ってアルフレードが、リディアの秘所から指を引き抜き、衣服を緩める。

そうして今度は指の代わりに、熱く雄々しく猛《たけ》る肉杭の切っ先で、リディアのあわいを撫でてきた。

「あ……、ぁっ……、ンっ……」

溶かされそうなほどの熱と、したたかなボリューム。

それをこの身に与えられて得る、ほかにたとえようのないほど凄絶な悦び――――。

熱杭の先でぬらり、ぬらりとそこをなぞられるたび、体に刻まれた情交の記憶がよみがえり、胸が高鳴って息が乱れた。

彼がリディアを覚えていなくても、どんな高貴な身分の生まれなのだとしても、自分と彼とはそこで一つになれる。悦びを与え合い、分かち合うことができる。

そう思うと、それだけで花びらがヒクヒクと震え、お腹の底がジンと熱くなる。蜜壺もますます甘い蜜を滴らせ、彼の先端が擦れるたびくちゅ、くちゅ、と水音が立った。

アルフレードが目を細めて言う。

「そなたはまるで、熟れた果実のようだな。いつもこんなにみずみずしいのか？」

「……っ、そ、なっ、こと」

「そなたと夫婦の愛を交わし合っていたことを思い出せないなんて、いったいどんな運命の戯れなのかな？」

そう言ってアルフレードが、止めどなく溢れる蜜を肉杭の先ですくい取り、花びらの合わせ目に押しつけ、薄いベールをまくり上げてくる。そのままむき出しになった花芽を切っ先でぐりぐりと転がされたから、ビクビクと腰が跳ねた。

「ここが、いいか？」

「やっ、んっ、駄、目」

「ここでよくなってもいいぞ？」

「あ、あっ、はぁ、ああっ」

花芽に硬い幹を押しつけられ、細い腰を両手でつかまれて体を前後に動かされて、止めようもなく声が出る。

一番敏感な場所を雄でゴリゴリと擦られるたび、背筋を愉悦が駆け上がり、快感で頭の後ろがビリビリとしびれたみたいになる。

そこはアルフレードが見つけ出したリディアのいい場所だ。彼に触れられなければ、そこが感じる場所だなんて一生知らなかったことだろう。このまま悦びの波に乗れば、頂に達することは容易だけれど。

（一緒が、いいわ……、わたしは彼と、一つになりたいのだものっ）

快感だけを得たいわけじゃない。悦びを得るなら、彼と繋がってそうなりたいのだ。

花芽をなぞる彼の肉茎をリディアの中に収め、一つになって愛し合いたい。だって彼と自分とは、夫婦なのだから――――。

自分の本当の望みに気づいたら、もうたまらなくなって、知らぬ間に目までが潤んできてしまった。

たとえこの先にどんな運命が待っているのだとしても、今だけは彼の妻でいたい。リディアは震える声で言った。

「ア、アルっ……、わ、たし、も、あなたと一つに、なりたいっ……」

「リディア……」

「おね、がい、アルフレード。あなたに身を、ゆだねさせてっ」

哀願するみたいにそう言うと、アルフレードがリディアを揺さぶる手の動きを止め、顔を見つめて優しく訊いてきた。

「リディア。この俺を、そなたの温かい場所に受け入れてくれるか？」

「ん、んっ……」

恥ずかしさを覚えながらもうなずくと、アルフレードが笑みを見せた。

それは遠い記憶の中にあるアルフレードの笑顔を、リディアに思い起こさせた。

誰とも打ち解けない子供だった彼がリディアに初めて見せた、はにかんだ少年みたいな表情の――。

「では一つになろう、リディア。どうか俺に、そなたを愛させてくれ」

「つ、あっ……、あぁっ、あああ……！」

剛直と呼べるほどの熱の塊が、一息にリディアを貫いてくる。

歓喜のその瞬間、全身を快感の波が駆け抜けて、目の前が真っ白になった。

蜜筒はきゅうきゅうと収縮して、アルフレードのすべてを包み込む。二度と放すまいとするみたいにきつく吸いついて、悦びに啼いている。

どうやら一つになっただけで、リディアは達ってしまったようだ。

こんなことは初めてだけれど、たとえようもないほどの充足感で、何も考えられない。

頂を漂ったままアルフレードの顔を見ると、彼はいくらか苦しげに眉根を寄せつつも、うっとりと濡れた目でこちらを見つめ返してきた。

「……リディア、気をやったのか？」

「う、うん」

「そうか。そなたの体は、夫と愛し合う悦びを覚えているということだな？　おかしな言い方かもしれないが、何か少し、妬けるな？」

アルフレードが冗談めかして言って、リディアの双丘に両手を添える。

「だが、今そなたを抱いているのも同じ俺なのだ。どうかもっとそなたを愛させてくれ、リディア。何度でも、悦びを分かち合おうっ……」

「アル、フレ、ドっ、あっ、ああっ、ひぁあっ……！」

アルフレードが腰を使い、下から雄を突き立ててきたから、上ずった声で叫んだ。

達したばかりのリディアの中はひどく敏感で、熱棒で擦り立てられるたび、視界が明滅するほど感じてしまう。

彼の上にまたがっているせいか、刀身はいつにも増して深々とリディアの中に沈み込んでいるようで、突かれるたび脳天まで衝撃が走った。

あまりの激しさに、悲鳴を上げそうになる。

（アルフレードが、ここにいる……、わたしの中に、いるわっ……）

アルフレードのあり余るほどの愛情。

リディアを覚えていなくても、それらは変わらずそこにあって、リディアの身も心も満たしてくれる。

秘密も、身分も、過去も未来も、ここでは何も関係がない。今この瞬間、二人を隔てるものは何もなく、ただ確かな愛の熱だけが存在しているみたいだ。

神様の前で永遠を誓い合った夫婦の絆は、どんな困難をも越えられる。

自らの体でそれを感じて、全身がわななないてしまいそうだ。

「ああ、そなたが、俺を抱き締めてくれているっ、そなたの愛が、俺をっ……！」

リディアの体を支え、繰り返し己で最奥を穿ちながら、アルフレードが言う。

その声は欲情に濡れ、吐息は悩ましく乱れている。リディアと愛し合って、彼も悦びを感じているのだろう。リディアを奥まで押し開き、波が引くように引き抜いてはまた突き戻す。

そのたびに、彼がその嵩を増し、熱くなっていくのを感じる。

それに応えるみたいにリディアの中もとろとろに蕩け、蜜を滴らせて彼にすがりつく。熱棒が行き来するたびぬぷり、ぬぷりと立ち上がる水音に煽られてか、知らず腰が跳ねるのを止められない。

「リディア、そなたはなんと愛らしい妻なのだ。まったく本来の俺という男は、幸せ者だな」

「ア、ルっ」

「だがそなたを思い出せなくても、愛する気持ちは本物だ。それをわかってほしい」

「あっ、あ！　はぁあっ、あああっ」

アルフレードの切っ先が、リディアの中の悦びの泉を抉り、繰り返し責め立ててくる。何度も愛してくれたそこも、アルフレードだけが知る場所だ。そうして見いだされて愛されるだけで、どこまでも満たされた気持ちになる。

アルフレードはちゃんとここにいて、自分を愛してくれる。

だったらもう、それでもいいのではないかと、そんな想いが湧いてくる。

(ずっとこのまま、こうしていたい……、二人きりで、この森で……)

いっそ、もう何も思い出さなければいい。そうすれば、ここが二人の楽園だ。

王国の騎士であることも、高貴な血を引く身分であることも、何もかも忘れてしまって、二人だけの愛の世界にずっと溺れていられるのなら——。

「リディアっ、リディアっ」

「アルフ、レ、ドっ」

昂ぶった互いの体が、ともに手を取り合うようにして頂へと上っていく。

やがてお腹の底から、大きな波が全身へと広がって……。

「あ、ああっ、わ、たしっ、も、うっ……！」

「リディアっ……、くっ、ううっ！」

リディアが再びの絶頂に達すると、アルフレードが大きな動きでリディアを突き上げ、最奥を貫いて動きを止めた。

お腹の底に熱いほとばしりを浴びせられ、背筋がゾクゾクと震える。

「そなたが好きだ、リディア……」

リディアの体を抱き締めて、アルフレードが言う。

「何があっても、そなたとともにいたい。そう望んでも、かまわないか？」

「……ええ……、ええ、アルフ、レード……！」

どうか何も思い出さないで、このままここで、二人で。

秘めた想いを抱きながら、リディアはアルフレードの胸にもたれかかっていた。


それからしばらく経った、よく晴れた日のこと。

「……アルフレード、ねえ、そろそろ起きたほうがいいのじゃない？」

「んー……」

「今日あたり、ルカが来るわ。ちゃんと目を覚ましてお洋服を着ていないと、なんていうか……、いろいろ、心配するかもしれないし」

すでに昼近い時間だ。

実のところリディアのほうも、ついさっきまですやすやと寝ていたのだから、あまり人のことは言えないのだが、アルフレードの肩を揺すぶって起こそうと試みても、彼は眠そうに生返事をするばかり。

さすがにちょっと疲れが出ているのだろうか。

(でも、動けるようになったからこそよね)

歩行訓練を始めたせいか、足の怪我が日を追うごとによくなってきて、歩くのはもちろん、軽い運動なら難なくできるようになってきた。それでここ数日は庭で薪を割ったり、衣類を洗って干すのを手伝ってくれたりもしていた。

でも、どちらも彼にとって慣れない作業であるのは間違いない。疲れているなら、もう少し寝かせておいてあげようか。

そう思い、彼の体にブランケットをかけ直す。

そっとベッドを抜け出して身づくろいをしても、彼は目を覚まさない。

横たわる彼をしみじみと眺めると、その体軀の大きさと無防備な寝顔とのギャップに、少しばかりドキリとしてしまった。

もう少し眺めていたいと思いながらも、リディアは入り口に行き、音を立てぬよう静かに外に出た。

高く昇った日の光が、昨夜の情交の名残の残るけだるい体に降り注ぐ。

(……なんだか、結婚したばかりの頃みたいね)

あれから二人は、昼となく夜となく甘く触れ合い、何度も愛を交わし合っている。

相変わらずアルフレードの記憶は戻らないけれど、互いに愛情を伝え合っていて、まるで二度目の蜜月を楽しんでいるみたいだ。

本当にこのままここで二人で暮らしていけたら、ささやかながら幸せな毎日を過ごせるかもしれない、などと思ったりもするけれど。

(それはやっぱり、叶わぬ望みなのかもしれないわ)

数日に一度、食材を届けつつ様子を見に来るルカやダンテの様子からは、アルフレードにとにかく早く回復してほしいという気持ちがひしひしと伝わってくる。

それに王国内で、何か不穏な事態が起こっているらしいことも伝えられているのだ。

なんでも、政治的危機の状態にあるとのことだが、いったいどんなことが起こっているのだろうか……?

「……リディア奥様!」

「あ……、ルカ！　よく来たわね！」

林の向こうからルカが馬を駆って姿を現したので、軽く手を振って出迎える。

ルカがこちらへやってきて、馬を下りて言う。

「申し訳ありません。今日は少し遅くなってしまいました。アルフレード様は……？」

「まだ眠っているわ。昨日薪割りをしてもらったから、少し疲れたのかもしれないわね」

「薪割りですか！　だいぶ動けるようになったのですね！」

ルカが安堵したように言って、馬にくくりつけられた積み荷を外す。

大きな塩漬け肉の塊に、干し魚。豆、粉などが入った袋のほか、硬いチーズ、根菜、革袋に入ったワイン。

リディアが手伝おうとする間もなく、ルカが土間のほうに作られた小さな出入り口から、小屋の中に入れてくれる。

あらかたしまい終わると、ルカが木の実やドライフルーツなどが入った麻の袋から、小さな包みを取り出して訊いてきた。

「あの、奥様がおっしゃっていたスパイスをお持ちしたのですが、これで間違いないでしょうか？」

「まあ、ありがとう！　ちょっと貸してみて？」

ルカから包みを受け取って、匂いを嗅いでみる。

ほのかに甘くスパイシーな、異国の香り。これがあれば、アルフレードが大好きな例のケーキが焼ける。リディアは嬉しくなって言った。

「そう、これよ！　わざわざありがとう、ルカ」

「いえ、お二人のためですから！　あの子も、いつもよりも重い荷物を背負って走ってきましたし！」

ルカが言って、馬を振り返る。

そういえば、今日運んできてくれた食材はなんだかいつもより量が多い。どうしてこんなにもたくさんの荷物を……？

「ルカ、これって、何日分？」

不思議に思い訊ねると、ルカがすまなそうな顔をした。

「できれば二週間ほど、今日の分で賄っていただきたいと、フォリーノ司祭様が。もしかすると、ここへ来る機会を減らさなくてはならないかもしれないので」

「何か、あったの？」

「はい。ついに、恐れていたことが起こりました」

ルカがそう言って、表情を曇らせる。

心身ともに万全でないアルフレードや、その世話をするリディアに心配をかけたくないからと、ここへ通っている人たちは、あまり外の情報を細かくは伝えてくれていなかった。けれど、ルカの顔つきからすると何か相当のことが起こっているのではないかと思える。

リディアは探るように訊いた。

「もしかして、王都の六公爵様たちが、仲違《なかたが》いでもしてしまった？」

「……いえ、もっとひどいことに」

「もっとっ？」

驚いて目を丸くすると、ルカが少しためらいを見せてから切り出した。

「ザネッティ公ニコラ様が、隣国に出入りしている傭兵《ようへい》団と手を結び、王国を我が物にしようと武力蜂起を企《くわだ》てました」

「……まあ、なんてこと……！　で、でもっ、王国には騎士団が……！」

「それが先日の遠征での襲撃で武力が削がれ、思うように鎮圧ができず……、モンターレ公ロランド様を中心に、残る五公爵様や近衛騎士団も必死に応戦していますが、ザネッティ公の領地に隣接する地方の領地や王領の一部は、すでに向こうの手に落ちております。このままでは、王都陥落の危機に陥ってしまいますっ……」

泣きそうな顔でそう言うルカに、驚いて声も出ない。

まさかそんな事態になっているなんて思いもしなかった。すがるような目をして、ルカが訊いてくる。

「リディア奥様、アルフレード様は、まだ何も思い出されないのですか？」

「……ええ、治ってきたのは体だけ。記憶はまだ、ぜんぜん……」

「そうですか。せめてアルフレード様が戻られれば、辺境騎士団の士気も高まって、盛り返すかもしれないのですが。なんとか、思い出していただける方法はないのでしょうかっ？」

「ルカ……」

昔の話や、結婚してからの話など、何度も話して聞かせてはみたが、思い出してはくれなかった。確実な方法があるなら試してみたいものだが、何か文献を当たってみると言ってくれたフォリーノ司祭からもかんばしい返事はない。

いっそ思い出さないでくれてもいいなんて思っていたけれど、こういう事態になったからには、オルフィーノ騎士爵アルフレードとして騎士団に戻ることが、この国のためにも一番だろう。

リディアはなだめるように言った。

「どうやったら思い出すのか、わたしにもわからないわ。でも、もう一度昔の話をしたりしてみる。フォリーノ司祭にも、何か方法がわかったら教えてほしいと伝えてくれるかしら？」

「わかりました。どうかアルフレード様を、お願いいたします」

ルカが言って、馬のところに戻り、また森の中に去っていく。

とにかく、できることはなんでもしてみよう。

そう決意しながら、リディアは遠ざかる馬の蹄《ひづめ》の音を聞いていた。

「……ん？　これはなんの匂いだ、リディア？」

「ケーキよ。ルカが材料を持ってきてくれたから、あなたがとても好きなお菓子を焼いているの」

「俺が、好きな……？」

ルカが帰ってからほどなくして、アルフレードがようやく目を覚ました。

リディアはちょうどケーキを焼き始めたところで、部屋のテーブルでアルフレードに朝食兼昼食を食べてもらっている間に、スパイスのいい匂いがしてきた。

かまどの火力を調節しながら焼くのは少々骨が折れたが、香りはいつもと同じだ。焼き型がなかったので、平らなパイ皿で焼いたのだが、火の通りもよさそうだし、少し覗いた感じでは表面の焼き色も申し分ない。

そろそろ頃合いかもしれないと思い、ミトンを手に皿を出してみると、表面がふっくらとふくらんで、香ばしい匂いが漂った。

「どれ、見せてくれリディア」

アルフレードが興味深げにそう言うので、そのまま部屋に持っていく。

焼き色が綺麗なケーキを見て、アルフレードが言う。

「ほう、これは美味そうだ。中には何が入っている？」

「ドライフルーツと木の実よ。この香りは特別なスパイスなの」

そう答えると、アルフレードが小さくうなずいた。

「……ふむ、そうか。よくは思い出せないが、なんとなく知っている匂いのような、そうでもないような……？」

「いいのよ、アルフレード。無理しないで。何か思い出してくれたらもちろん嬉しいけど、これは純粋に味わって食べてほしいし」

リディアは言って、また土間へと戻り、平皿をパイ皿の上に逆さに乗せてくるりと返して、ケーキを外した。

中を少し割ってみると、どうやらむらなく焼けているようだったのでほっとする。

アルフレードが部屋のほうから訊いてくる。

「もう食べられそうなら、どうか一切れくれないか？」

「まだ熱々よ？　こういうものは、少しおいてからいただくほうが……」

「でも、食べてみたいんだ。ほんの少しだけでいい！　……駄目か？」

まるでおやつをねだる小さな子供みたいな顔で、アルフレードが言う。

大人なのに、とは思いつつも、なんだか少し可愛いなと感じて、リディアは答えた。

「……じゃあ、特別に一切れだけよ？」

焼きたてのケーキにナイフを入れるのは少し難しいが、どうにか一切れ切り取って、小皿にのせて部屋へと運ぶ。

アルフレードが嬉しそうに皿を受け取り、スパイスの香りを確かめるみたいに息を吸い込む。

「……ああ、本当にいい香りだ。ではいただこう」

そう言ってアルフレードが、端をちぎって口に入れる。

リディアは土間に戻りながら言った。

「今は味見だけにして、あとで一緒にいただきましょう。ルカが美味しいお茶も持ってきてくれたから、それを飲みながらね」

そうは言っても、アルフレードは盛大に寝坊をしたので、もうすでに午後だ。お茶の時間はすぐにやってくるし、それまでにパイ皿を洗っておかなくては。

夕食の煮込みの仕込みもして――。

「……？」

することを順に考えていると、土間の小さな出入り口のドアの外側に、何かがこつんとぶつかった音が聞こえた。

風でも出てきたのかと、何気なくドアを開けてみると。

「きゃっ？」

ドアのすぐ脇に人が一人うずくまっていたので、思わず悲鳴を上げた。

だがよくよく見てみると、それはルカだった。さっき帰ったはずなのに、どうしてまた戻って……？

「リディア、奥様……！」

「どうしたの、ルカっ？」

「申し訳ありません……、敵に、見つかってしまって」

「敵にっ？　……って、ルカ、あなた怪我をしているのっ？」

騎士の剣を握りしめているルカの右肩や、右の腿のあたりが赤く染まっていたから、驚いて目を丸くする。

ルカが声を潜めて言う。

「大丈夫、かすり傷です。それより、お伝えしたいことがっ」

「中に入って。アルフレード、手を貸して！　……アルフレードっ？」

部屋のほうを振り返ると、アルフレードが先ほどのケーキの小皿に目を落としたまま微動だにせず固まっていた。

まるで、こちらの状況など見えていないかのような表情だ。いったいどうしたのだろう。

よくわからないが、とにかくルカを中に入れなければ。

肩を貸してなんとか土間に入れ、部屋との間仕切りまで連れていって座らせると、ルカが緊迫した表情で言った。

「……リディア奥様、よくお聞きください。今、ここへ続く小道を、数人の兵士がやってきています」

「兵士ですって？」

「はい。アルフレード様を亡き者にしようとしている敵が差し向けた、傭兵たちです」

ルカの言葉に、ひやりと背筋が冷たくなる。

それはつまり、暗殺者たちということでは……？

「ですが、今彼らが追っているのはこの僕です。アルフレード様がここにいることは、まだ知られていません」

「そう、なの？」

「ええ。ですから、リディア様は今すぐアルフレード様を連れてこちらの出入り口から逃げてください。西に真っ直ぐ行くと、森番のカルロさんのところへ通じる小道に出ます。彼に森の抜け道を案内させて、モンターレ公爵様の公領までお逃げください」

ルカが言って、剣を握り直す。

「兵士たちが来たら、僕が玄関口のほうで足止めして、なるべく時間を稼ぎますから！」

「……で、でも、そうしたらあなたは、捕まってしまうんじゃ……？」

「そうなっても、アルフレード様が安全な場所に逃げ延びるまで、僕は何もしゃべりません。ですからどうか、今すぐお逃げください！」

「そんな……」

ルカを囮《おとり》にして逃げろということか。

でも、そんなことをしてもしルカがひどい目に遭ったら――――！

「……俺に剣をよこせ、ルカ！」

不意にアルフレードが低く声を発したので、驚いて振り返った。

いつの間にかアルフレードが小皿を置いて立ち上がり、真っ直ぐにルカを見ている。

その目には鋭い光が宿っていて、いつにない気迫に満ちている。

「得物がなきゃ戦えないだろ。ほら、さっさとよこせ！」

せっつくように言われ、ルカが目を丸くしながらも剣を放ると、アルフレードがそれをしっかりとつかみ、ヒュンとひと振りして言った。

「追っ手は王国騎士じゃないんだな？」

「は、はい……、異国から来た傭兵で……」

「歩兵か、騎兵か」

「騎兵が、三騎です」

「三騎か。だったらまあ、正面からやり合わなきゃなんとかなりそうだな。だが重騎兵だと、さすがに……」

「……いえ！　軽騎兵で、槍ではなく剣を佩《は》いています！　アルフレード様、もしや、記憶がっ？」

ルカがようやく気づいた様子で、目を輝かせて言う。

突然のことに、こちらもわけがわからず顔を凝視していると、アルフレードがにこりと微笑んで言った。

「リディア、やっぱりきみのケーキは最高だよ。食べたら頭にかかったもやがスーッと晴れた。まるで魔法のケーキだね！」

「アルフレード……、わたしが、わかるのっ？」

「ああ、誰よりも愛おしい、俺の大切な妻だ」

そう言ってアルフレードが、ルカに訊ねる。

「ときに、ルカ。おまえナイフ投げと投てきは得意だったな？」

「えっ？　ええと、はいっ」

「厨房に肉切りナイフが二本、それと庭に薪割り用の斧《おの》がある。動けそうなら、援護を任せてもいいか？」

「は、はい、もちろんです！」

ルカが答えて立ち上がり、シャツを引き裂いて血が出ている肩と腿に巻く。アルフレードが庭が見える窓辺に近づいて、外の様子を確認して言う。

「二手に分かれて待ち伏せるぞ。俺が庭の向こう、おまえが井戸の裏だ。できれば馬は無傷で手に入れたいな」

「それはそうですが、でもアルフレード様、足のほうは……？」

「もうすっかり治ったよ。そうでなくても、勇敢の誉《ほま》れ高い王国騎士が敵前逃亡なんてできるか。肩慣らしに軽くひねってやるよ！」

アルフレードが言って、どこか不敵に笑う。

どうやら、二人で三人を相手にするつもりのようだ。

(でも、二人でなんて……)

待ち伏せして不意打ちしたりするにしても、アルフレードは怪我が治ったばかりで、ルカは負傷している。

自分も、何か手伝いたい。リディアはそう思い、意を決して言った。

「……ねえ、アルフレード。わたしにも手伝わせて？」

「リディアにっ？　いや、きみを危ない目に遭わせるわけにはっ……」

「でもわたしだけなら、相手が油断するかもしれないでしょう？　ほら、馬から下りてくれたほうが、二人も戦いやすいのではなくて？」

リディアは言って、考えながら言った。

「わたし、お庭で洗濯物を干すふりをしているわ。それで、おうちの中へ誘ってみるっていうのはどうかしら？」

「けど、リディア……！」

「急がないと来てしまうわ。ほら、行きましょう！」

返事も待たず、ベッドからシーツをはがして玄関口まで持っていき、そのまま外に出る。

アルフレードが慌てて追いかけてきたところで、遠くから馬が駆ける音が聞こえてきた。

「もう来たか！　クソ、確実に仕留めるぞ、ルカ！」

アルフレードが一瞬ためらいを見せつつも、ナイフを持って出てきたルカに声をかけ、庭の向こうの木の陰へと走っていく。

ルカも薪割り用の斧を持って、井戸の裏にしゃがんで隠れた。

リディアは深呼吸をして、庭に張ったロープにシーツを吊《つ》るし始めた。

しばらくすると、ルカが言ったとおり馬に乗った兵士が三人、小屋のほうへやってきた。

馬に乗ったまま傍まで来て、兵士の一人が言う。

「……おい、そこの女！」

「は、はいっ！」

「この家の者か。独り住まいか？」

「いえ、あのっ、お、夫と、子供と、暮らしていてっ……」

曖昧に答えると、兵士がきょろきょろとあたりを見回して言った。

「このあたりで、怪我をした騎士が療養しているとの情報があった。見舞いに行きたいのだが、何か知らないか？」

「騎士……、ですか？」

見舞いだなんて白々しい嘘だが、それなりに警戒しているということか。

でも、しばらくここで暮らしてすっかり質素な装いになっているせいか、今のリディアを見て貴族の令嬢では、などと疑っている様子はない。なんとか油断させて、馬から下りるよう仕向けなければ。

どうしようかと必死で考えて、リディアは言った。

「あの、もしかしたら、夫が知っているかもしれないです！」

「何？　おまえの夫は、どこに……？」

「子供と木の実を集めに出ていまして！　じきに戻りますわ！」

出まかせを言って、リディアは続けた。

「あの、もしや旅のお方ですか？　よろしければ、夫が戻るまで家の中でお待ちになりませんか？」

案内するように家のほうに向かいながら言うと、兵士たちが顔を見合わせた。

怪しいと思われただろうかと、一瞬冷や汗が出てきたが、兵士たちは軽くうなずき合い、それから順に馬を下りた。

なんとか上手くいった。リディアはごくりと唾を飲んで言った。

「ちょうど、焼いたばかりのお菓子がありますの。お口に合えばいいのですが……」

言いながら、玄関口のドアを開け、アルフレードのほうにちらりと視線を送る。

アルフレードが木の陰から顔を出し、家の中に入るようリディアに指で促したから、さっと滑り込んでドアを閉め、鍵をかけると――。

『……うぐッ』

『うあっ！　こ、このガキッ！　よくもっ……！』

『おまえの相手はこっちだ！』

兵士たちの怒声と、アルフレードが挑発する声。

続いて激しく剣が交わる音が聞こえたから、リディアは思わず屈み込んで頭を抱えた。

アルフレードが剣を振るうのは久しぶりだ。怪我でもさせられやしないかと不安になって、どうかお守りくださいと神様にお祈りする。

そのまましばらくうずくまっていると、やがて外が静かになり、トントンとドアがノックされた。

『終わったよ、リディア。もう大丈夫』

アルフレードの声がしたから、鍵を外してドアを開ける。

そこに立っていたアルフレードの顔には、リディアがよく知っている少年のような笑みが浮かんでいた。

本来の彼が戻ってきてくれたのだとわかって、嬉しくて泣きそうになる。

「アルフレード……、よかった……！」

胸にすがりつくと、アルフレードがぎゅっと体を抱き締めてくれた。そうしてリディアの髪を撫でながら、嬉しそうに言う。

「心配かけてごめんね、リディア。もう大丈夫だから」

「ア、ル……！」

「いろいろ話したいことはあるけど、まずは馬でここを出て、安全なところへ行こう。フォリーノ司祭やダンテに会って状況を訊きたい。ルカ、案内を頼めるか？」

「もちろんです！」

ルカが力強く請け合う。リディアはアルフレードに手を取られて、馬のほうへと歩いていった。

第六章　夫婦の愛はとこしえに

「アルフレード様、間もなくモンターレ公領ですが、あれを！」

「おお？　俺を迎えに来てくれたのかな？」

傭兵たちから奪った馬に乗り、森番のカルロに森の抜け道を教えてもらって追っ手を避けながら王領を駆けて、どれくらいの時間が経ったのか。

すっかり日が落ちた夕刻、いくつものかがり火が焚かれた野営地のような広い場所に、馬車と馬の一団がいるのが見えた。

ルカとアルフレードが近づいていくので、リディアもついていく。

「ルカ、戻りました！　アルフレード様たちも一緒です！」

ルカの叫び声に、野営地にいた人々の中からおお、と声が上がった。

奥の天幕の中からダンテとフォリーノ司祭が現れたので傍まで行くと、フォリーノ司祭が安堵の色を見せて言った。

「ああ、よかった、お二人とも無事でしたか！　ルカも、よかった！」

「フォリーノ司祭様……！」

ようやくほっとしたのか、ルカが声を震わせて言う。

「アルフレード様がお帰りになりました。僕たちの、アルフレード様が！」

今にも嬉し泣きしそうなルカの言葉に、フォリーノ司祭とダンテが顔を見合わせる。

アルフレードが、二人に向かって言う。

「待たせたな、二人とも。ようやく記憶が繋がったぞ！」

「なんと……！」

「それは本当ですか！」

「ああ。すぐに状況を聞かせてほしいが……、まずはリディアを休ませてやってくれないか」

「承知しました。リディア夫人、こちらへ」

フォリーノ司祭がリディアを馬から下ろし、天幕へと誘う。

アルフレードと離れるのは少し不安だったが、彼がうなずいたので、リディアはフォリーノ司祭について歩き出した。

野営地には騎士たちがたくさんいる。これから戦いが始まるのだろうか。

「司祭様、ザネッティ公爵様が武装蜂起したというのは本当ですか？」

「ああ、本当だよ。今この国は、いわば内戦状態に陥ってしまっている」

「そんな……！」

「でもアルフレード様がお戻りになった今、希望はある。まずはブルーノに戻り、モンターレ公率いる五公爵の軍勢と合流だ」

そう言ってフォリーノ司祭が、リディアを天幕の中へと促す。

入ってみると、そこには簡易の寝台があり、横になって休めるようになっていた。慣れない馬に乗って長く走り続けてくたくたなので、正直とても助かる。

「夜更けにブルーノに向けて出発することになります。それまで、こちらでゆっくり休んでいてください」

「ありがとうございます、司祭様」

(とにかく、ブルーノに帰れるのね？)

父やマファルダがどうしているか気になっていたので、それを聞いて安堵する。

同時に、乗馬の疲れがどっと出てきた。

横になって目を閉じると、リディアはじきに眠りに落ちていた。


「……なるほど。じゃあ火災を起こしたのも、連中の――」

「間違いありません。先ほど届いた知らせによれば、当時の下手人も捕らえているそうで。証人も複数おり――」

「――の件も、奴らが？」

「はい。もはや、言い逃れはできないかと」

アルフレードとフォリーノ司祭が、何か話している声がする。

体に感じる心地よい揺れは、馬車の振動だろうか。

（……え、馬車？）

目を開けてみると、体に毛布がかけられていて、こちらに向き合うようにフォリーノ司祭が腰かけているのが見えた。

確か、寝台で眠っていたような気がするのだが、いつの間に馬車に……？

「アルフレード様。リディア夫人がお目覚めですよ」

「えっ。ああ、本当だ。おはようリディア！」

アルフレードの顔がいきなり上からぬっと現れたので、危うく悲鳴を上げそうになった。

慌てて跳ね起きると、そこはやはり馬車の中だった。しかもどうやら、アルフレードに膝枕をしてもらって眠っていたようだ。

なんというみっともない姿をさらして――――。

「リディア、大丈夫？　もっと寝ていてもいいよ？」

「だ、大丈夫っ、もう、起きるわっ！」

リディアは言って、アルフレードの隣に座り直し、恥ずかしさを誤魔化すように窓の外を見やった。

外は明るく、見覚えのある街道の風景が広がっている。

もしかして、そろそろブルーノに着くのだろうか。

「リディア……、きみには本当に、しなくていい苦労をさせちゃったね？」

アルフレードがすまなそうに言うので、はっと彼の顔を見る。リディアの手を握って、アルフレードが悔しそうな顔をする。

「誰よりもきみを愛しているのに、たとえ一瞬でもきみを忘れていたなんて……。俺は自分が許せないよ！」

「……アルフレード……」

真剣に謝られたけれど、記憶が混乱していたのはアルフレードのせいではないだろう。リディアは首を横に振って言った。

「今は元に戻ったのだから、気にすることはないわ、アルフレード。それに記憶がなくても、ちゃんとわたしのことを好きだと言ってくれていたし」

「それはそうだけど、でもその俺は、俺であって俺じゃないっていうか……！」

アルフレードが言って、眉根を寄せる。

「だいたいあの俺は、この俺を差し置いてリディアを口説いて、いったいどういうつもりなんだ！　きみの気持ちにつけ込んで手まで出しやがって、あの野郎！」

「ちょ、ちょっと、アルフレードっ、司祭様の前で、なんてこと……」

思わず恥ずかしくなってうつむいてしまうが、アルフレードは憤懣《ふんまん》やるかたない様子で自分への叱責を続ける。

「本当に俺って奴は、昔からきみに甘えてばかりだ！　もちろん、きみへの想いは誰にも負けないと誓えるけど、同じくらい甘ったれた気持ちも強いんだと思う。我ながら子供っぽいなって思っているよ」

「そんなこと」

「きっと俺は、心の底では、己が使命におののいていたんだろう。だから、きみのことも含めて忘れてしまおうなんて思ったのかもしれない。そこは俺自身の弱さだというほかないよ」

「アルフレード、そんな……！」

あなたは弱くなんてないと、そう言いたかったけれど、彼が自らそう言うのにも、きっと理由があるのだろう。高貴な血を引くというアルフレードには、リディアのあずかり知らない、彼にしかわからない苦悩があるのかもしれない。

でも……。

「ねえ、アルフレード。どんなあなたでも、あなたはあなたよ？」

「リディア……？」

「あの小屋にいたときのあなたも、今のあなたも、わたしにはどちらも同じ、アルフレードだもの。何も変わらないわ」

リディアの言葉に、アルフレードが少し驚いた顔をする。

それからどこかほっとしたような目をして、静かに言う。

「きみがそう言ってくれるのは、すごく嬉しいことだよ。俺がどんな人間でも、きみは俺の妻でいてくれるかい？」

「どんな、人間でも……？」

それは高貴な血を引くという、彼の秘密と関係があるのだろうか。

たとえどんな秘密を明かされようと、きっと自分の気持ちは変わらないだろうと、そうは思うのだけれど。

(それって、わたしたちの想いだけで、決められることなのかしら？)

高貴な身分の人の結婚は、多くの場合二人だけのものではない。

それにそもそも、あの結婚が有効なものなのかどうかもわからないのだ。

ちらりとフォリーノ司祭の顔を見ながら、リディアは言った。

「それは、もちろん……、わたしがあなたの妻であることが、この先も許されるのなら……」

「許されないなんてこと、あるわけないよ。ね、エンツォ？」

アルフレードが念を押すように訊ねると、フォリーノ司祭がうなずいて言った。

「当然です。お二人は神の御前で永遠の愛を誓い、正司祭である私が立ち会ったのです。二人の結婚は永遠に有効だ。この先、何があってもね」

「司祭様……」

きっぱりとそう言われ、少しだけ安堵したけれど、この先いったい何があるのだろうと思うと、今度はそちらに不安を覚えなくもない。

気持ちが顔に出たのか、アルフレードが笑みを見せて言う。

「そんな顔しないで、リディア。俺たちには味方がたくさんいるんだから」

「味方……？」

「これからその意味がわかる。俺も、やっときみに秘密を話せるよ」

そう言って、アルフレードが馬車の窓の外を見る。

「ああ、もうそろってるみたいだ。見てごらん、リディア」

「……？」

アルフレードに促され、リディアも窓の外を見る。

馬車の進む先に、馬といくつもの旗が見える。騎馬隊でもいるのだろうか。

近づいていくにつれ、旗には五色あり、その一つ一つにエンブレムが描かれているのがわかった。

この国を治める六公爵家、そのうちのザネッティ公爵家を除いた五公爵家のエンブレムだ。

これは、もしや。

「あれって、公爵様たちがブルーノにいらしているっていうことっ？」

「ああ、そうさ」

「どうして……、まさか、ブルーノが戦場になるのっ……？」

不安に駆られて訊ねると、フォリーノ司祭が即座に否定した。

「その心配はありませんよ、リディア夫人。公爵様方はアルフレード様の帰還をお待ちなのです。彼らは何年も待ってきました。身分を隠していち騎士として王国を守ってきたアルフレード様が、彼らを導く者として立つ日をね」

「彼らを、導く……？」

それがどういうことなのか、リディアにはよくわからなかったが、フォリーノ司祭の言葉には深い感慨の色が見える。

やがて馬車が町に入ると、旗を掲げた騎兵はもちろん、見知った領民や子供たちまでもが歓声を上げて馬車を迎えた。

まるで王都の民衆が辺境騎士団の帰還を出迎えたときのような熱狂ぶりだ。

いったい何が起こっているのだろうと戸惑っていると、やがて馬車が、フォリーノ司祭の教会の前に止まった。

そこにも、馬車を出迎えるように五色の旗を掲げた騎兵隊が並んでいる。

アルフレードが、ぼやくみたいに言う。

「さて、ここからだな。俺、ちゃんと文言を覚えてるかな?」

「小さい頃から何度も唱えてきましたし、ときには寝言でも唱えていました。大丈夫ですよ、アルフレード様」

フォリーノ司祭が請け合うように言う。

唱えるというのは、いったい……?

「じゃあ、行こうか。リディアも一緒に来て」

「わたしも?」

「ガストーニ子爵が中においでのはずだ。それにきみは俺の妻だから、全部見届けてほしい。その指輪もつけているしね」

結婚してからずっとつけているサファイアがついた指輪を指し示して、アルフレードが言う。なんだか緊張してきてしまうが、アルフレードが馬車を降りたので、リディアもあとに続いた。

フォリーノ司祭が、礼拝堂への入り口を開けると。

「……!」

礼拝堂の中には、武器を手にした騎士や貴族たちがひしめいていた。

祭壇の前には、ひと目で高貴な身分の人たちだとわかる男性が五人、甲冑を身につけて立っている。

エンブレムが染め抜かれた旗から、彼らが六公爵のうちの五人だとわかって、一瞬気圧されそうになった。

だがアルフレードの言ったとおり、父であるガストーニ子爵も礼拝堂の端のほうにいたので、いくらかほっとする。

「リディアは、お義父上と待っていて」

アルフレードにそう言われたので、うなずいて父の元へ行く。

父が小声で訊いてくる。

「……リディア、いったい何が始まるんだ？」

「わたしも知らないの。でも公爵様たちがいらっしゃるなんて、ただごとじゃないわ」

本当に何ごとなのだろうと、半ば不安になりながら見ていると、フォリーノ司祭に連れられたアルフレードが、五公爵たちが立ち並ぶ祭壇の前にたどり着いた。

礼拝堂がシンと静まり返ると、公爵たちの一人が、手を広げて笑みを見せた。

ほかの貴族男性たちよりも親子ほどに若く、活力を感じる明るい容貌。

モンターレ公爵、ロランドだ。

「……ああ、素晴らしい。本当にこのときが来るとは！」

「俺も同じ気持ちですよ、モンターレ公。これも、あなたがザネッティ公の過去の悪事を暴いてくださったおかげだ」

アルフレードが言って、ほかの四人の公爵たちを見回す。

「あなた方も、ザネッティ公ではなくこの俺を信じてくださって、感謝しています」

アルフレードの言葉に、公爵たちが口々に言う。

「なんの、もったいないお言葉です！」

「そうですとも！　我々はあなたのために存在するのです。当然のことです！」

「あなたが生きておられると、我々は信じておりました」

「どうか今すぐ、儀式を始めてください！」

儀式とは、なんの儀式なのだろう。

わけがわからぬまま祭壇を眺めていると、アルフレードがフォリーノ司祭にうなずいてみせた。

するとフォリーノ司祭が祭壇の奥の壁のところまで行き、トントンと叩いて壁板の一部を外した。

見知った場所のそんなところに隠しスペースがあったなんて、と驚いていると、フォリーノ司祭が中に手を入れて何か取り出した。

アルフレードがどこか哀しげに言う。

「……ああ、その布も、すっかり色あせてしまったな」

出てきたのは、くすんだ青い布にくるまれた横長な箱だ。

その箱をアルフレードの前に捧げ持って、フォリーノ司祭が言う。

「ようやくこのときを迎えることができました、アルフレード様。あなたがこれを持つべき者であることを、皆にお示しください」

「……ああ、わかった」

アルフレードが答えて、ふっと息を整える。

それから、やおら何か詩のようなものを唱え始めたので、驚いてしまう。

先ほど文言がどうとか言っていたのは、このことだったようだが……。

（……これ、アルフレードが何度も口にしていた、あの詩だわ！）

周りの子供たちと打ち解けぬ子供時代、そして記憶を失っていた間、アルフレードが何度も暗唱していた、古語で書かれているという詩。

リディアには何を言っているのかさっぱりだが、公爵たちやその場に集《つど》う貴族たちにはその言葉の意味がわかるらしく、顔を見合わせてうなずき合ったり、涙ぐんでしまう者もいる。

いったいどういう……？

「なんと、そんなことがっ……」

突然父が天を仰ぎ、潜めた声でつぶやく。

「信じられん……、見ているかジュリア？　我らの娘は、なんというお相手と縁づいたのか

「……お父様っ？」

父が言うなり、いきなり白目をむいてふらりとよろけたから、思わず目を見開くと、背後にすっとダンテが現れてその体を抱きとめた。

父の様子をさっと見て、ダンテがうなずく。

「大丈夫。驚きのあまり気を失われただけでしょう。あちらで、私が介抱いたしますので」

ダンテが小声で言って、父をひょいと抱き上げて礼拝堂から外に連れていく。

驚いて気絶してしまうなんて、あの詩はどんな内容なのか。

もしや貴族や高貴な身分の者だけが唱えることができ、そしてその意味を理解することができる、何か特別な詩なのだろうか。

なんだかハラハラしながら聴いていると、やがてアルフレードが暗唱をやめ、フォリーノ司祭の前にひざまずいた。

司祭が箱を傍らの台の上に置いて、青い布をはがす。

中から出てきたのは、黒檀《こくたん》の木でできた箱だ。重そうな蓋が持ち上げられると――――。

「おお……！」

中を覗き見た公爵たちから感嘆の声が上がる。

フォリーノ司祭がそっと取り出したのは、サファイアがたくさんついた金の冠だった。

続いて公爵たちの中から、皆に推されてモンターレ公爵が進み出て、箱の中から杖《つえ》のようなものを取り上げる。

こちらにも、サファイアがちりばめられている。どちらも今まで見たこともないほどの、壮麗でたぐいまれな宝物だ。

その意匠の美しさに目を奪われかけて、リディアははっと手元に目を落とした。

リディアが左の薬指につけている、結婚指輪。

金のリングにサファイアがついたそれは、目の前に輝く冠と杖と、よく似た意匠で作られている。

もしやこの指輪も、あの宝物の一部なのではないか。

そう気づいて驚いていると、フォリーノ司祭とモンターレ公爵が、ひざまずいたアルフレードの頭の上に二つの宝物を掲げた。

するとほかの公爵たちが剣を抜き、最敬礼の姿勢を取った。

フォリーノ司祭が、厳粛な声で言う。

「これなるは、建国よりの宝物、王冠と王笏《おうしやく》なり。オルランディ王家伝家の宝物たるレガリアを、今こそ正統なる継承者、アルフレード殿下の元に！」

「……っ？」

（……アルフレード、殿下……？）

フォリーノ司祭の言葉に、頭が真っ白になる。

まさかアルフレードは、血統が途絶えて久しい王室の血を引いていたのか。

それだけでも信じがたいことなのに、今まさにリディアの目の前で、アルフレードが頭に王冠をいただき、王笏を手にする。

これはもしや、戴冠の儀式――？

「……我が名はアルフレード。亡き先王、エルネスト三世陛下の子だ。幼少のみぎりより今日に至るまでその出自を隠し、このブルーノやオルフィーノ騎士爵の元で、王室再興の機会を待っていた」

頭に王冠をかぶり、王笏を持ったアルフレードが、ひしめく騎士や貴族たちに厳《おごそ》かに告げる。

「そも、我がオルランディ王家の血が途絶えたのは、十七年前の王宮の大火が原因だ。俺は先王陛下の側室であった母と、このレガリアとともに逃げ延びたが、幾度も命を狙われてきた。つい先日も襲撃を受け、危うく殺されかけたが、それらの陰謀はすべて一人の逆賊によって画策されたものであることが判明した！」

アルフレードの声が響くと、教会にどよめきが起こった。騎士や貴族たちを見回して、アルフレードが続ける。

「逆賊の名は、ザネッティ公爵ニコラ。この国を我がものにせんと傭兵を引き入れ、国土を

蹂躪《じゅうりん》している反乱分子だ。ゆえに俺は、今こそ王として立つ。この国の長となって、ザネッティ公爵の悪しき野望を打ち砕いてみせよう！　どうか、皆の力を貸してくれ！」

王笏を高く掲げてそう言うと、公爵たちが応えるように剣を捧げ持ち、声をそろえて宣誓するように言った。

「王国に祝福を！　我が王に栄光を！」

「……王国に祝福を！　我が王に栄光を！」

騎士たちのうねるような唱和の声を受けて、アルフレードがうなずく。モンターレ公爵が前に進み出て、威厳のある声で告げる。

「今すぐ国内の諸侯に檄《げき》を飛ばせ！　国を乱す逆賊、ザネッティ公爵を討伐するため、『騎士王』アルフレードが立つと！　皆で勝利を勝ち取るぞ！」

「おおー！」

「補給と軍勢が整い次第、ザネッティ公領に進攻する！　出撃の準備をしておけ！」

モンターレ公爵の鼓舞するような言葉に、礼拝堂が熱狂に包まれる。

やがて騎士や貴族たちが、出陣の段取りなどを話しながらせわしく退出し始めると、アルフレードが公爵たちと何かやり取りしてから、ほう、とため息をついて王冠と王笏をまたフオリーノ司祭に戻した。

それからこちらに目を移し、照れくさそうな顔をして傍へやってくる。

長らく会っていなかった幼なじみが突然夫になり、ある日記憶を失ったと思ったら、今度は目の前で王様になってしまった。

もはやなんとも声をかけがたくて、黙って顔を見つめると、アルフレードが小さく笑って言った。

「驚かせたかな、リディア？」

「……そうね。とても、驚いたわ」

「まあ当然だよね。でも、やっときみに俺を知ってもらえた。記憶を失ってもなお忘れることができなかった、本当の俺を」

「アルフレード……」

さらりとした口調だが、それは重い言葉だ。

王宮の大火と呼ばれる大火災が起こった、今から十七年前といえば、アルフレードはまだ三歳だ。

このブルーノの町の司祭館に、「身寄りのない子供」として引き取られてきたときだって、彼はまだ八歳だったのだ。

彼がそんなにも幼い頃から出自を胸に秘め、騎士としての厳しい鍛錬にも耐えながら、今日この日のために生きてきたのだと思うと、なんだかそれだけで胸がいっぱいになる。

皆が待ち望んでいたこの国の統合の象徴、民を導く国王が、今まさに目の前にいるのだ。

長く彼を見てきた身としては、とても誇らしい気持ちになるけれど……。

（……だからこそ、わたしはやっぱり、身を引くべきなのではないかしら……？）

人々が熱狂を持って迎える新しい国王には、ほかにふさわしい結婚相手がいるのではないか。

今のアルフレードを見ていると、やはりそんな気持ちになってくる。

左の薬指にはめた指輪を妙に重たく感じ、見るともなしに目をやっていると、アルフレードが察したように言った。

「リディア。こうなったからといって、きみが俺の妻であることは変わらないよ？　その指輪は、永遠にきみのものだ」

「……でも、わたしは……」

「俺はね、リディア。王族という血筋に生まれて、そのことにさんざん振り回されてきた。でもだからこそ、俺にはきみしかいないんだよ」

「……アルフレード……」

「俺は、自分の行く末を自分では選べない。なぜなら俺は、王だからだ」

アルフレードが力強く言って、指輪をはめたリディアの手を両手で包み込むように握る。

「だが、きみへの愛だけは絶対に譲らない。この愛だけは必ず貫きとおすと、俺は神と亡き父母に誓った。だからきみには、これからも傍にいてほしいんだ。王妃としてね」

(王妃……！)

彼の妻でいるということは、そういうことだ。

自分でいいのかとか、自分に務まるのかとか、どうしてもそう思ってしまうけれど。

(わたし、応えたいわ。アルフレードの気持ちに)

そんなにも愛されているのなら、国王の妻として彼を支えたい。

アルフレードを心から愛しているし、曲がりなりにもリディアだって、神様の前で誓ったのだ。彼と生涯をともにすると。

だからきっとこれは、神様から与えられた自分の役目なのだ。きちんとまっとうしなければ。

リディアはそう思い、うなずいて言った。

「……わたし、待っているわ。あなたが帰ってくるのを」

「リディア……」

「だから、もう行方知れずになったりしないと約束して。必ず、勝って帰ってきて！」

「約束するよ、リディア。きみに勝利を持ち帰るとね！」

そう言ってアルフレードが、リディアの手を持ち上げて指輪に口づける。

「戻ったら、一緒に王宮へ行こう。この国の王と、その王妃として」

アルフレードの力強い目と言葉とに、揺るぎない未来を確信する。

王として戦いへと向かっていくアルフレードの背中を、リディアは真っ直ぐに見つめていた。

その日の昼すぎ、アルフレードと五公爵率いる新生王国騎士団は、ザネッティ公爵の反乱を鎮めるため、ブルーノから出陣していった。

前国王の子が生きており、満を持して新たなる国王として即位したという知らせは、瞬く間に王国全土はもちろん隣国にまで届いた。

長い不在のためもあってか、国王の存在は絶大な力を発揮し、逆賊と名指しされたザネッティ公爵の側についていた貴族や騎士たちは、数日のうちにまるで雪崩《なだれ》を打ったように王国騎士団の軍門に下った。

傭兵も多く捕らえられ、反乱に加担した貴族や騎士ともども、厳しい刑罰をと主張する声もあったが、アルフレードはあえて彼らを厳しく罰することはせず、その寛大さでさらに多くの支持者を集めた。

一時は王都陥落の危機とまで言われた動乱は、最終的にはザネッティ公爵の投降によって終息した。ザネッティ公爵家は領地を没収され、公爵自身は王都近郊の監獄に収監されて、裁きのときを待つこととなった。

それから一週間ほどが経った、ある日のこと。

「リディア様、お茶をお持ちしましたが……」

アルフレードの屋敷の、本がたくさん置いてあるライブラリー。

ムーロ執事にためらいがちに声をかけられたので、リディアは開いた本に目を落としたまま答えた。

「……ありがとう、ムーロさん。そちらに置いておいてくださる？」

「かしこまりました。……ときに、そろそろ二時を過ぎますが、昼食のほうは……？」

「時間がないからもういいわ。夕食も、できるだけ簡単なものにしていただけるかしら？」

「承知いたしました。では、そのように」

ムーロ執事が言って、ライブラリーから去っていく。

食事をしたいのはやまやまだが、今は時間が惜しい。アルフレードが王都に帰ってくるのは二日後で、戻り次第すぐに、王宮で正式な戴冠式が執り行われることになっている。

それまでになんとか、ここに積んだ本をひととおり読んでしまいたいのだ。

(王妃にふさわしい立派な淑女にならなくては、国王であるアルフレードに恥をかかせてしまうわ……！)

アルフレードが出陣したあと、リディアは意識を取り戻した父と、今後のことを話した。

父は娘のリディアが国王の妃となることに改めて驚きつつも、これも神が定めた運命なのかもしれないと、感慨深げに祝福してくれた。

けれど、王妃というのは国王の妻であり、いわば国母だ。生半な覚悟では務まらぬもの、たゆまぬ研鑽が必要だと父に諭されたリディアは、せめて王国の歴史くらいはきちんと学びたいと思った。

そこで、誰にどのような教えを請えばいいかフォリーノ司祭に相談しに行ったところ、アルフレードの屋敷のライブラリーには歴史の本がたくさんあるはずだと教えてもらった。

それでリディアは、アルフレードの帰還に備えるため王都へ行くというフォリーノ司祭の馬車に半ば強引に乗り込み、急いで屋敷に戻ってきたのだった。

ライブラリーへ行ってみると、司祭の言うとおりたくさんの歴史の本があった。

リディアは、それからずっと、書見用のデスクに山と積んだ本の間に埋もれているのだ。

「なんとまあ、リディア様ったら！　やっぱりこういうことになっていたのですねっ！」

「……マファルダっ？」

思いがけず叱責するみたいに言われ、頓狂な声が出てしまう。

一人で王都に舞い戻ってしまったリディアの荷物をまとめ、諸々支度をしてからブルーノを出発すると、一昨日《おととい》だったか便りが届いていたので、今日あたり到着するだろうとは思っていたのだが、読書に没頭していてすっかり忘れていたのだ。

マファルダが呆れたふうに言う。

「ちょっと目を離すとこれですもの！　根を詰めすぎですわ！」

「そ、そんなことは」

「ありますとも！　髪もお顔も、ひどいことになっているじゃありませんか！」

嘆くように言われ、改めて我が身を振り返る。

マファルダの言うとおり、髪は乱れ、化粧もはげ落ちている。言われるまで気づかなかったなんて、貴婦人としてどうかと思う。

すっかり恥じ入りながら、リディアは言った。

「……そうね、マファルダの言うとおりだわ。わたし、すっかり夢中になって――」

言いかけたところで、ぐう、と大きな音がした。

ひどくお腹がすいているのだと気づいて、頬が熱くなる。

マファルダがはあとため息をつきながらも、しみじみとした様子で言う。

「まったく、仕方ありませんねえ、リディア様は。でもまあ、これも愛の力なのでしょうかねえ？」

「愛の、力？」

「アルフレード様を思えばこそ、そのように熱心に学ばれているのでしょう？　リディア様のその想いは、大変素晴らしいと思いますわ！」

「そう思って、くれるの？」

「もちろんです。でもやはり妻たるもの、旦那様のお帰りを待つ間も凛《りん》と美しくあるべきです！　きちんとお食事もなさらないと、美容の敵ですわ！」

マファルダが言って、有無を言わせぬ調子で続ける。

「まずはその本を置いてくださいまし、リディア様。そして今すぐ食事をとって湯あみをするのです」

「え、と、でも……」

「でもはなしです！　湯あみが済んだらゆったりと体をほぐして、時間をかけて髪とお肌のお手入れをしましょう。お爪磨きもしなくては！」

そう言って、マファルダが胸を張る。

「ご安心くださいリディア様！　幼き頃よりお仕えしてきたこのマファルダが、責任をもってあなた様を最高の奥様、いえ、最高の王妃様として、磨き上げてみせますわ！」

「……ふう……、やっと解放されたわ……」

その夜のこと。

ナイトドレスをまとって寝室のベッドに身を投げ出しながら、リディアはため息交じりに独り言ちた。

リディアを磨き上げるという使命感に突き動かされたマファルダに、リディアはあれから
ずっとあちこち「お手入れ」されていたのだ。
まだ宵の口ともいえる時間だが、早めに夕食も済ませたせいかすでに眠い。一人になった
らもうちょっと本を読もうと思っていたけれど、今日はもう寝てしまおうか。
(でも確かに、王妃様になったら、身だしなみもきちんとしなくてはね)
あのあと、リディアは久しぶりにきちんと食事をとり、湯あみをした。それからマファル
ダの手で肌に香油をほどこされ、体をじっくりとほぐされた。
洗い髪を乾かして丁寧にブラッシングしてもらい、顔や爪の手入れを入念にされると、こ
こに戻ってからの自分がいかになりふり構わず過ごしていたのか、よくよく気づかされた。
けれど考えてみたら、アルフレードが行方知れずになってから、リディアはずっと自分の
ことはあと回しにしていたのだ。
森の小屋でアルフレードの世話をしている間など、衣服も着やすく手入れがしやすいもの
を着ていたし、傭兵たちもリディアを森に住む平民だと思っていたようだった。
アルフレードはそんなことはまったく気にしなかったが、もしかするとそれは非常時だっ
たからかもしれない。
好きな人の前では、できるだけ綺麗でいたい。
もちろん、着飾りたいとか贅沢をしたいとか、そういう意味ではないけれど、なるべくち

ゃんとした姿を見せたいと、リディアは今そんな気持ちになっている。

(帰ってきたら、戴冠式もあるんだものね)

伝え聞いた話では、式には国中の貴族や地位の高い聖職者、それに外国からの賓客も列席するという。

リディアも王妃として、国王のアルフレードからティアラを授けられることになっているから、きっと多くの人々に注目されるだろう。

自分がそんな立場になるだなんて、なんだかまだ信じられなくて……。

「……っ？」

窓のほうからコツ、と音がしたので、ドキリと心拍が跳ねた。

あの音はもしや――――？

(……アルフレードっ？)

窓辺に駆け寄って外を見ると、庭の木の下にアルフレードが立っているのが見えた。

甲冑でも隊服でも、何か特別な装いでもない、ごく普通の平民のような格好で、周りには誰もいない。

王都へ帰還する王国騎士団の到着は二日後のはずなのに、もしや抜け出して一人で来たのだろうか。

音を立てぬよう静かに窓を開けると、アルフレードがひらひらと手を振って言った。

「やあ、ただいまリディア！　今そっちに行くね！」

「えっ、ここを上るのっ？　本当にっ？」

求婚しに来た日に、ガストーニの屋敷のリディアの部屋までひょいと上ってきたアルフレードだが、ここは彼の自宅だ。堂々と表から来ればいいのに、わざわざ窓から忍んでくるのがなんだかおかしくて、思わず笑みが洩れてしまう。

器用に壁を伝って上ってきたアルフレードを部屋に招き入れて、リディアは言った。

「おかえりなさい、アルフレード。会えるのは明後日だと思っていたわ？」

「そうなんだけど、だいぶ王都に近づいてきたからね。どうしてもきみに逢いたくてたまらなくなって、抜け出して馬を飛ばして来てしまったよ。明け方には戻らないと、騒ぎになっちゃうかもしれないな」

アルフレードが悪びれもせずにそう言って、いつもの人懐っこい笑顔でリディアを見つめる。

「リディア、なんだかキラキラしているね？」

「キラキラ？」

「うん。それにとてもいい匂いがする。もしかして俺が来るのをわかってて、待っていてくれたとか？」

「そうだとしたら、それはマファルダね。妻たるもの、夫の帰りを待つ間も凛と美しくあるべきです！　って言って、張り切っていろいろとお手入れしてくれたの。もしもあなたが昨日来ていたら、ちょっとがっかりな姿を見せていたかも」

「どんなきみだって俺は好きだよ。がっかりなんてするもんか！」

アルフレードが言って、リディアの腰を抱き寄せる。

「きみはいつだって素敵だよ、リディア。誰よりも愛おしい俺の妻だ。キスさせて？」

「……ん……」

甘く口唇を合わせられて、胸がドキドキと高鳴る。

体を抱く力強い腕と、熱い口唇。

触れ合うだけで愛されていることを感じて、うっとりとしてしまう。

「リディア、きみとこうして触れ合うの、ものすごく久しぶりじゃない？」

「ええと、そう言われると、そうだけど……、でもあの森の中でも、わたしたちは何度も……」

「その俺はほら、半分眠ってる状態だったっていうか！」

アルフレードが言って、甘い笑みを見せる。

「ちゃんと、確かめたいな。きみが俺の知っているきみかどうか」

そういえば、記憶を取り戻してからのアルフレードとは抱き合っていない。

リディアとしては、どちらもアルフレードだと思えるけれど、確かめたいという気持ちもわからないではない。

リディアはうなずいて言った。

「いいわ、アルフレード。好きなだけ、確かめて？」

「本当に？」

「もちろんよ。だってわたしたちは、夫婦でしょう？」

「……ああ、そうだね。きみがそう言ってくれるの、本当に嬉しいよ、リディア……！」

アルフレードがリディアの体を抱き締めて、また口唇を重ねてくる。

今度は先ほどよりも熱っぽいキスだ。ちゅっ、ちゅっと何度も口唇を吸われ、熱い舌を這わされると、ドキドキと心拍が弾む。

アルフレードの首に腕を回してしがみつくと、ひょいと抱き上げられてベッドに運ばれ、背中から優しく体を横たえられた。

リディアの体に身を重ねて、アルフレードがキスを深めてくる。

「あ、ん……、ん……」

肉厚で熱っぽい舌が上顎をなぞり、リディアの舌に絡んで、くちゅ、と濡れた音が立つ。浮き上がった舌を口唇でちゅる、ちゅる、と吸われ、舌裏を舌先で優しく愛撫されると、それだけでお腹の底が温かくなってくるのがわかった。

愛する夫の甘い口づけは、まるで魔法のようにリディアの心と体を温め、熟した果実のようにとろりと潤ませる。

体に重なるたくましい肉体はリディアを包み込み、その愛を伝えてくる。

この寝室でも、森の奥の小屋でも、同じアルフレードではないかと、今の今までリディアはそう思っていたのだが。

(本当にアルフレードが、帰ってきてくれたんだわ……!)

こうして家に戻り、夫婦の褥で体を重ねてみると、改めてそう実感して、嬉しさがこみ上げてくる。

あの森では、二人の関係は閉じていて、未来を思い描くことができなかった。

けれど今はもう違う。誰からも隠れる必要はないし、後ろめたいことも少しもない。

何も思い悩むことなく、ただ当たり前に求め合い、愛し合える。

それがこんなにも嬉しいことだなんて、思いもしなくて……。

「……リディア、どうしたの?」

「え」

「目の縁に、涙が浮かんできた。泣いているの?」

アルフレードに間近で気遣うように訊ねられたから、リディアは笑みを見せた。

「そうみたい。でも、哀しいわけじゃないわ。アルフレードが帰ってきてくれて、こうやって触れ合えるのを嬉しいって思ったら、どうしてか涙が出てきちゃった」

「リディア……」

「とても、心が震えているの。あなたに触れられただけで、すごくドキドキして……」

リディアは言って、アルフレードの顔を見つめた。

人懐っこい笑みが素敵な、幼なじみ。

王族の血を引く高貴な身分と知るよりも前から、リディアの心は彼のものだった。

恋とはどんなものだろう、などと考える暇もなく、彼に心を奪われていた。

今さらながらそう気づき、こうしてその想いを告げられる幸福に、ただ心が震えている。

アルフレードの黒い瞳を真っ直ぐに見つめて、リディアは言った。

「アルフレード、わたし、あなたを愛しているわ」

「……！」

「こんなふうに思ったの、あなただけよ。恋しくて、愛しくて……、こうして帰ってきてくれて、本当に嬉しいわ」

心からの想いを口に出して告げると、今度はアルフレードのほうが泣き出しそうな顔をしてリディアを見つめてきた。

かすかに震える声で、アルフレードが言う。

「ああ、リディア……、きみがそう言ってくれるなんて、今日は人生最良の日だよ」

「アルフレード……」

「でも、これからは毎日がそうなんだね。俺ときみとは、心から愛し合っている。これからも、ずっと……。そうだね？」

「ええ、そう。そうよ、アルフレード」

今初めて、二人が心まで結ばれたのだと、そう思うだけで胸が幸福な気持ちでいっぱいになる。二人は身も心も、夫婦になれたのだと。

「やっぱりきみは最高だ。俺が愛した、ただ一人の女性だよ」

アルフレードが歓喜したような声で言う。

「きみと愛し合いたいよ、リディア。身も心も溶けるくらいに熱く深く、きみと交わりたい……！」

言いながら、アルフレードが衣服を脱ぎ捨て、雄々しい体を露わにする。

肌に刻まれたいくつもの傷痕。そして猛々《たけだけ》しく姿を変えた彼自身。

愛する人のすべてを目の前にしていると思うと、おののきを覚えつつも魅入らずにはいられない。

はしたないと思いながらも、その美しい肉体をうっとりと見つめていると、アルフレードがリディアにのしかかり、またキスをしてきた。

ナイトドレスの前をそっと開かれて、二つの乳房がほろりとこぼれ出る。

「ん、ん……、は、ぅ……」

舌を優しく吸われながら、手で胸のふくらみを包まれ、優しく揉みしだかれて、吐息が甘く濡れる。

彼の大きな手はいつでも温かくて肉厚で、肌を撫でられるとそれだけで体が熱くなってくる。指の腹で乳首をくるりとなぞられると、そこはすぐに反応して、バラの蕾みたいにきゅうっと硬くなった。

アルフレードがリディアの口唇から彼のそれを離し、こちらを見つめたままツンと立った乳首にちゅっと口づける。

「……ぁ、ん、ン……」

ちゅぷ、ちゅぷ、とかすかな水音を立てて、アルフレードがリディアの左右の乳首に交互に吸いついてくる。

元々敏感なそこは、アルフレードの口唇で吸われ、ぷっと離される都度、ジンジンと疼いてあえかな快感を胸に広げる。

ますます硬くなった蕾を舌で転がされ、ねろねろと乳輪を舐り回されると、熱い舌のざらりとした感触がたまらなくて、ビクビクと腰が弾んでしまう。

乱れたナイトドレスの上からわき腹や腰、お尻を撫でられたら、全身の肌が粟立って、お腹の底がヒクヒクと蠢動し始めた。

「今日のリディア、すごく敏感だ。乳首も、こんなに硬くなって」

「つ、あ……」

指の腹で両の乳首をキュッと摘まれて、背筋にビンとしびれが走る。

そうされるとお腹の奥もビクンと震えて、秘められた場所が疼き出す。

そのままくにゅくにゅと絞るみたいにもてあそばれて、淫猥な声が止まらなくなる。

「は、ぁあ、あっ」

「可愛い声だ、リディア。もっと聞かせて？」

「ふ、ぅっ、はあ、ああ」

右の乳首を指でもてあそばれながら、左の乳首をちゅくちゅくと吸い立てられて、背筋を快感がビンビンと駆け上がる。

蜜筒が熱く潤んでくる気配に、知らず腰をよじると、ナイトドレスがはらりと開いて、胸だけでなく腰から下も露わになった。

ナイトドレスの下には何も身に着けていない。アルフレードの手が背筋をなぞり、お尻の間からあわいへと滑り込む。

「は、ぁっ、ああ、あ……」

両の胸を口と手でいじられながら、もう片方の手で秘所をやわやわとくすぐられて、チカチカと視界がまたたく。

花びらを開かれ、潤んだ中襞の間を指の腹で前後に撫でられたら、知らず腰が揺れてしまった。

「あ、んっ、ア、ルっ、ぁあ、はぁぁ」

二つの胸の蕾と秘められた場所と、感じる場所を三か所も同時に刺激されると、快感で頭がぐずぐずと溶けて、何かを考えることが難しくなる。

ベッドに縫いつけられ、甘露な責め苦を負わされているみたいに、ただ甘い声で啼くことしかできない。

赤く熟れた左の乳首から口唇を離して、アルフレードが訊いてくる。

「リディア、すごく感じてるみたいだね？　こうやっていっぱい刺激されるの、好き？」

「ん、んっ」

「ああ、もうココが甘く蕩けてきた。胸をいじって、ココを指で撫でれば撫でるほど、きみはお菓子みたいに甘くなってくる。ほら、こんなにとろとろになってきたよ？」

「あっ、ああ、はぁ、あああ」

中襞の間を撫でる指の動きを速められ、声が上ずる。

アルフレードが言うとおり、リディアのそこは熱く熟れ、刺激に反応して蕩けてきたみたいだ。右の乳首を指でくにくにと絞られ、左も舌で潰すみたいに転がされると、お腹の底がふつふつと沸き立ってきた。

「はぁあっ、アルフ、レードっ、わ、たしっ」

達してしまいそうな気配を伝えると、アルフレードが左の乳首を口唇できゅっと食み、指の動きをさらに速めてきた。

リディアのお腹の底から、ひたひたと喜悦の波が押し寄せてくる。

「ぁあ、あああっ――――」

裏返った声を上げながら、リディアが絶頂を極める。

三か所をいじられて達した頂は鮮烈で、いつにもまして強い快感でリディアの意識を揺さぶってくる。ビクン、ビクンと何度も身を震わすリディアを見つめて、アルフレードが嬉しそうに言う。

「気持ちよく達けたね、リディア。すごく可愛い顔をしてるよ？」

「う、ぅ……」

「きみが気持ちよくなってくれるのが、俺は好きなんだ。もっともっと、よくしてあげるからね」

アルフレードが言って、しどけなくシーツに横たわるばかりのリディアの体から、ナイトドレスをするりとはぎ取る。それからくん、と鼻から息を吸い込んで、うっとりと言う。

「ああ、きみのいい匂いがする」

「わたし、の？」

「うん。きみの体が昂ぶって、肌が汗ばんでしっとりと潤んでくると、香水や香油の下から、きみの匂いがするんだ。すごく温かい、幸せな匂いだよ」

鎖骨のくぼみや首筋、うなじに鼻を近づけ、リディアの匂いを嗅ぎながら、アルフレードが言う。

そんなふうに言われたのは初めてだ。幸せな匂い、なんて言われると、気恥ずかしさはありつつも、なんだか嬉しくなる。

アルフレードが裸身を重ねるように身を寄せ、欲情をにじませた声で言う。

「きみは本当に綺麗だよ、リディア。体中を撫でて、キスしたくなっちゃう」

「アルっ……、は、ぁ、待っ、て……」

言葉のとおり、アルフレードの手と口唇が、一糸まとわぬリディアの肌の上を這い回る。

一度達したことが呼び水になったのか、肌が敏感になっているようで、アルフレードが触れる場所はどこもかしこも気持ちよく、止めようもなく体が震えてしまう。

腋下《わきした》のくぼみや胸のふくらみの縁、みぞおちやおへそ。

腰やお尻の丸みから、腿や膝の裏へと下りて、くるぶしに足の指の先までも、アルフレードは丁寧に指でなぞり、口唇でちゅっと吸いついて、つっと舌まで這わせてくる。

まるで体中を味わわれているみたいな愛撫に、徐々に陶然となってくる。

「きみの肌は、どこも甘いね。本当にお菓子みたいだ」

アルフレードが言って、おへそにちゅっと口づける。

「でも一番甘いのは、この下だ。蜜がたっぷりと滴っていて、とびきり甘い。ここにもキスして、味わってもいいかい？」

「……っ」

二人でパーティーに出かけたあの夜、ドレスの内側にもぐり込まれてそうされたのを思い出して、リディアの肌が上気する。

行為自体も、ひどく感じてしまったことも、とても淫らで恥ずかしかったけれど、今は夫婦の寝室で、愛を交わし合っているのだ。少なくとも、誰かに気づかれるのではないかとハラハラする必要はない。

アルフレードがそれを望むのならと、リディアはおずおずとうなずき、膝を立ててわずかに開いた。

アルフレードが腿に手を添えて足を開き、そこに顔を埋《うず》める。

「あっ……、ぁあ、んん、んっ……」

花びらの合わせ目をぬるり、ぬるりと舐められて、嬌声がこぼれる。

先ほど指で刺激されて達したこともあってか、そこはもうたっぷりと愛蜜を滴らせているようで、アルフレードが舌で舐め上げるたび、ぴちゃっ、と濡れた音が立った。

この間はドレスの中の出来事だったから、そんなはしたない音は耳に届かなかった。アルフレードの髪や顔を汚してやしないかと不安になって、恐る恐る頭を上げて目を向けてみると。

「っ、あ！」

大きく開かされた腿の間、薄い茂みの丘の向こう側に、アルフレードが口づけている様子が見える。

花びらをまくり上げてきたり、中の蜜壺の口を丸くなぞったり。

リディアが甘い悦びを覚えるたび、彼の赤い舌がちろちろと覗く。

ひどくエロティックな光景にくらくらしていると、アルフレードがこちらを見返して、ふふ、と笑った。

「とても甘いよ、リディア。花の蜜を舐めているみたいだ」

「そ、なっ」

「中の花びらも熟れて、とろとろになってる。すごく可愛いよ」

「は、ぁあ、んん、んっ」

ぬらりぬらりと、蜜壺の中にまで舌で沈められ、口唇でちゅくちゅくと吸いつかれて、ゾクゾクと背筋が震える。

そこをそんなふうにされて感じてしまうのは、やはりとても淫らなことなのではないかと思うのだけれど――。

（もう、恥ずかしくは、ないわ……）

誰よりも愛しい夫のアルフレードが、自分をこんなにも愛してくれている。

ベッドの上で、その事実よりも大事なことなんてあるわけがない。淫猥なまでに愛される喜びは、愛し合っていればこそ感じるものだと思えるのだ。

それを伝えたくて、手を伸ばして彼の頭に触れ、髪を指でまさぐると、アルフレードが艶麗な笑みを見せた。

そうしてリディアの花芽を覆う薄いベールを指先でそっとまくり上げ、そこにちゅっと口づけてきた。

「あっ、あぁっ、うぅっ、ふうぅっ」

パール粒のようなそこは、体中のほかのどこよりも感じやすい。

口唇を窄めて優しく吸われ、潤んだ舌でれろれろと舐め回されて、上体が跳ねそうなほど感じてしまう。

舌先で潰すようにされたり、甘く包まれるみたいに味わわれると、花芽は大きく実を結び、蜜を吸い尽くされた壺の口には、また愛液が溢れてきた。

それをすくうように舐り取られ、花芽にほどこすみたいに舌でぬらぬらと撫でられたら、たまらずお腹の底がきゅうきゅうと収縮し始めて……。

「アル、フレードっ、ぁ、あっ、達、ちゃっ……」

慎ましく声を上げた瞬間、悦びの奔流が全身を駆け抜けた。

二度目の絶頂は先ほどよりも波が大きく、腰がシーツの上で何度も跳ねる。四肢がガクガクと震えて、意識まで飛びそうだ。

「ああ、素敵だ。達く姿までも、きみは本当に美しい」

顔を上げ、悦びに身を任せるリディアを見つめて、アルフレードが言う。

「こうしてきみと触れ合っていると、俺はいつも感じるんだ。きみのこの体は、神から与えられたとても神聖なものなんじゃないか、ってね」

「神聖、な……？」

「そうさ。俺はきみの夫だから、きみとこうして抱き合える。きみに愛していると言ってもらえて、心まで結ばれた。でもそれは本当は奇跡みたいなことで、きみを俺のものだなんて思うのは、傲慢なんじゃないかなって。なんだかそんなふうに感じるんだ」

思いがけないことを言われて、新鮮な驚きを覚える。

アルフレードに体を求められ、彼と一つになることを、リディアは受け入れてきた。そうできることを、今では嬉しくも思っている。

何より、妻とは夫に従うものだと教わってきたから、もしもアルフレードにきみは俺のものだと言われても、別に傲慢だなんて思わないだろう。

(でもそんなふうに考えてくれるなんて、嬉しいわ)

アルフレードはリディアを一人の女性として尊重して、大切に思ってくれている。

きっとだからこそ、素直にそう言えるのだろう。

この国の頂点に君臨する、王という立場になってさえも。

「アルフレード、わたし、あなたと結婚できて本当によかったと思っているわ」

「リディア……」

「わたしたちは、神様に認められた生涯の伴侶よ。お互いがお互いの、ただ一人のね」

リディアは言って、上気した顔に笑みを浮かべて告げた。

「だからどうか来て、アルフレード。わたしの中に、あなたの愛情を注ぎ込んでっ……」

「リディア……、リディアっ」

アルフレードが悩ましげに名を呼び、体を起こしてリディアにのしかかって、割り開いた両足を抱え上げる。

そうしてそのまま、彼の熱い昂ぶりをリディアの熟れた花襞の中へと沈めてきた。

「あ、あっ、は、あ……」

アルフレードの肉杭はいつになく張り詰めていて、中を溶かされそうなほどに熱い。

すまなそうにリディアを見下ろしながら、アルフレードが言う。

「ごめん、ちょっと、苦しいかな？」

「大丈、夫……、あっ、ぁあっ」

ズンッ、と一気に奥を開かれ、その重量感に悲鳴を上げそうになる。

こんなにも差し迫ったアルフレードは初めてで、驚いてしまうけれど、これは彼の想いのたけそのものなのだ。これ以上ないほどの愛情を直接受け止めているのだと思うと、喜びで体がわななきそうだ。

思わずきゅっと締めつけてしまうと、アルフレードが喉奥でウッとうなった。

「……ああ、すごいっ、きみが俺を包んで、ぴったりと吸いついてくる。きみの柔らかいところが、だんだん、俺の形になってて……」

アルフレードが言って、切迫した表情を見せる。

「愛してるよ、リディア。誰よりもきみを、愛してる……！」

「アルフレードっ……、ぅ、んっ、はぁっ、ああっ」

緩やかな腰の動きで、アルフレードがリディアの中を行き来し始める。

そのボリュームと熱とにおののきながらも、リディアの蜜筒は懸命に応え、彼を優しく受け入れていく。

彼の愛情に、リディアも愛情で応えるように――――。

(わたしたちは、どこまでも深く愛し合っているんだわ)

フォリーノ司祭の教会で結婚したあの晩、夫婦の結婚の儀式として始まった二人の営み。

抱き合えば抱き合うほど、深く大きな悦びを知ることができると、アルフレードが教えてくれたけれど、あの言葉の意味がようやく理解できた。

この行為は、まさに言葉のとおりの愛の行為なのだ。大きな愛を与えられればリディアもそれに応え、互いの体にも心にも、深い愛情と喜びとが溢れてくる。

そうしてその愛情を持ち寄ってまた身を重ねれば、さらに愛を与え合える。

性の交わりとは、そういう営みなのだろう。

甘やかで幸福な気づきと、緩やかで優しい律動とがもたらす淡い快感に酔いながら、リディアは言った。

「は、あっ、ア、ルっ、わ、たしっ……」

「なんだい、リディア?」

「わたし、喜びを、知ったわ。あなたと愛し合う、喜びをっ……」

リディアは言って、腕を伸ばしてアルフレードの首に絡めた。

「お腹の底でも、心でも、あなたの愛を、感じるっ……」

「俺の、愛を?」

「すごく心地がよくて、嬉しくて……、ずっと、こうして、いたいわっ……」

「っ……、ああ、もう！　なんて可愛いことを言ってくれるんだ、きみはっ！」

「アルっ……？　あ、ああっ、はぁああ……！」

かすかに息を乱しながら、アルフレードが腰の動きを速めてくる。

何か少し煽ってしまったのか、アルフレードはどこか悩ましげな表情だ。中を擦られる刺激も大きくなり、内奥をズンズンと貫かれ始めて、体はミシミシときしむようだ。

けれどリディアの肉筒はそんなアルフレードの昂ぶりをも柔軟に受け止め、熱棒の幹にぴたぴたと吸いついていく。

愛蜜もたっぷりと溢れてきたようで、アルフレードが行き来するたびくちゅっ、ぬちゅっと水音が上がり始めた。

「はあ、ああ、すごいよリディアっ！　きみの中、とろとろで熱くて、溶かされちゃいそうだっ……！」

「アルフ、レ、ドっ」

「ねえ、どうされるのがいい？　ここを、こうしようか？」

「ああっ、あっ」

「それとも、こうかな？」

「ひうっ！　ううっ、はぁっ、い、ぃ、どっちもっ、ああ、あああぁっ」

お腹の手前側にある気持ちのいいところをぐいぐいと擦られ、最も奥まった突き当たりを雄の先端で何度も突き上げられて、シーツの上で体が跳ねる。

アルフレード自身を繋がれて与えられる快感は強烈で、もはや嬌声が止まらない。

くぷりと引き抜かれると追いすがるように腰が跳ね、ズンと最奥まではめ戻されるたび、全身を凄絶な悦びが駆け抜ける。二つの胸は大きく揺れ、上気した肌には汗が浮かんできた。

甘く啼き乱れるリディアの姿を目を細めて眺めて、アルフレードが声で言う。

「俺も、ずっとこうしていたいっ……、きみと一緒に気持ちよくなって、きみの中に、何度も愛を注いでっ……」

「あっ、うぅ、はあ、ああっ」

「それで俺は、祈ってるんだ。いつかきみのお腹の中に、新しい命が宿りますようにってっ……！」

(新しい、命……！)

それはリディアも、時折考えていた。

もしも神様のお計らいで、アルフレードの子供をお腹に授かることになったら。

それはとても喜ばしいことだろう。

でも彼は王で、自分は王妃だ。ただ子供を授かるというのとは違う重みが、もしかしたらあるかもしれない。

そう考えて、ほんの少し不安に思っていると、アルフレードが笑みを見せて言った。

「でもね、リディア。それは運みたいなものだから、何がなんでもってことじゃない。この先、誰がなんと言おうと、それだけは信じてほしいんだ」

「アルフ、レード」

「俺の愛は何があっても変わらないよ。王という立場にはなったけど、きみと生涯幸せに暮らせれば、俺はそれでいいんだからね！」

「ア、ル……、あっ、ううっ、はああっ！」

揺るぎない言葉にうっとりとしていたら、アルフレードが抽挿のピッチを速めてきた。

終わりが近づいてきたのか、大きな動きでリディアの蜜筒を擦り立ててくる。もっと言葉を交わしたいけれど、力強い律動で否応なく感じさせられて、まともに思考も働かなくなってきた。

（でも、わたしも赤ちゃんが、欲しいわ）

この悦びの果てに新しい命という幸福な実りが待っているかもしれないのなら、それは間違いなく結婚の喜びだ。愛する人の子供を産むことができるのなら、一人の女として、こんなに嬉しいことはない。

まるでリディアの魂がそう望んでいるかのように、彼の滴りを余さず受け止めようと、お腹の奥がヒクヒクと収縮し始める。

リディアの花襞が愛のほとばしりを求めて熱く雄々しい肉杭に吸いつくと、お腹の底からまた、大きな喜悦の波が湧き上がってきて――。

「はあっ、ああっ、わ、たし、もうっ……」

「達っちゃいそう？」

「い、ちゃっ、達っちゃ、うっ！　ああ、ああっ、はああっ……！」

こらえることもできぬまま、リディアがアルフレードを何度もきつく締めつけて、三度目の絶頂に達する。

きつさがこたえるのか、アルフレードがあっとひと声上げて、ぐっとリディアの足を抱え直す。

そのままリディアの秘所に激しく腰を打ちつけ、哮《たけ》るような声を上げて、やがて動きを止めた。

「あ、ぁっ……、あなたの熱いのが、お腹、にっ……」

放たれた愛の証の熱さ、そのどろりとした重さに、ビクビクとお尻が震える。

何かに気づいたような目でリディアを見つめて、アルフレードがつぶやく。

「……ああ、そうか。俺はいつの間にか、二つの夢を両方叶えていたんだな」

「ゆ、め……？」

「奪われた王国を取り戻すこと。リディアと結婚して、互いに愛を育むこと。その二つが、俺の夢だったんだ」

アルフレードが言って、穏やかな笑みを見せる。

「でも、今はまた新しい夢ができた。王として、この国を素晴らしい国にすること。そして夫として、妻を生涯愛し尽くすこと。どちらも、俺一人では成し遂げられない夢だよ」

「アルフレード……」

「どうか王妃として俺を支え、妻として傍にいてほしい。改めてそう願ってもいいかな、リディア？」

王であり夫であるアルフレードの、心からの願い。

それはとうに、リディア自身の願いでもある。心が確かに通じ合っている喜びに、知らずまなじりが潤む。

「もちろんよ、アルフレード。わたしのほうこそ、お願いします。どうかわたしを、ずっと傍にいさせてください……！」

そう言って抱きつくと、アルフレードがぎゅっと体を抱き締めてくれた。たくましい彼の胸に包まれて、心がどこまでも安らいでいく。

夫婦で手を取り合って、一緒に夢を叶えていこう。

リディアはそう思いながら、アルフレードの胸に頬を寄せ、彼の力強い鼓動を聞いていた。

終章　昔も今もこれからも

「……うん、ふっくら焼けたわ」

リディアは言って、焼きたてのケーキをかまどから取り出した。

型から外し、クーラーにのせると、厨房にスパイスのいい香りが広がった。傍で見ていた女官たちが近くまでやってきて、目を丸くする。

「まあ、とても美味しそうですわ、王妃様」

「これが本物の『魔法のケーキ』なのですね！」

「王都一の菓子職人よりもお上手ですわ！」

口々に褒められると、さすがに照れてしまう。

でも今日のケーキは会心の出来だ。アルフレードもきっと喜んでくれるだろう。

王宮に移り住んで、そろそろ半年になるだろうか。このかまどの火加減にもだいぶ慣れてきた。

ここに来てしばらく経った頃、アルフレードが、王と王妃にはなったが、やはりどうしてもリディアが焼いたケーキが食べたい、と言い出して、城の中にリディアが自由に使えるささやかな厨房を作ってくれたのだ。

リディアとしても、慣れない王宮生活の気分転換に気軽に菓子を焼いたりしたいなと思っていたので、ありがたく使わせてもらっている。

一国の王妃が自らケーキを焼くなんて、と最初は周りに驚かれたが、アルフレードが怪我の療養中に食べて奇跡的な回復を遂げたという話が伝わると、リディアはその献身を讃《たた》えられ、かまどの王妃様、などと呼ばれて親しまれるようになった。

ケーキも「魔法のケーキ」と呼ばれて、似たものが王都のあちこちで作られるようになり、騎士団の携帯食としても取り入れられたとのことで、リディアの代名詞のようになっている。

(でも、そろそろ新しいレシピも考えたいわね)

もう少し優しい香りの、ふわふわと口当たりのいいケーキ。

ミルクをたっぷりと入れた、柔らかいパンのような。

ぼんやりとだが、リディアは今、そういうケーキを作りたいと思っている。

リディアのお腹に宿っている、アルフレードの子供のために――――。

『――――ああ、その件についての報告は聞いている。大義であった!』

厨房の外から、アルフレードの快活な声が聞こえてくる。

朝から公務に出ていたが、戻ってきたのだろうか。

『いや、人選については公爵たちに一任してある。俺の意見を踏まえてな。……ああ、それがよかろう。追って通達を出すこととする。……次は……、ああ、そなたか。例の陳情の件か？』

（アルフレード、すっかり王様らしくなったわね）

王宮の中のリディアと暮らす区画を一歩出ると、アルフレードはすぐに臣下の者たちに囲まれる。そうして彼らの話を聞いて、王としての意見を述べたり、あれこれと命令したりするのが常だった。

その様子は、森の小屋で過ごしていたときの彼そのままで、口調も振る舞いも生まれながらの王族といった貫禄だ。

でもアルフレードが「王様らしく」振る舞うのは、そうしなければならない相手の前でだけだ。リディアのところに帰ってきて、二人きりになると、彼は――――。

『ああ、そうだ。沙汰を待てと伝えておくがいい。……お、この匂い、ケーキが焼き上がったばかりだな？』

アルフレードの声が、ワントーン上がる。

女官たちが脇に控える間もなく、アルフレードが厨房の入り口に姿を見せた。

「やあ、ただいまリディア！　いい香りだな？」

「ちょうど焼き上がったばかりなの。少し召し上がる？」

「もちろん！　まだ見ぬ我が子にも、ただいまを言わなければな！」

アルフレードがこちらに近づいてきて、リディアの前に膝をついて屈み、膨らんだお腹にちゅっと口づける。

女官たちが遠慮がちに静かに厨房を出ていくと、アルフレードがいつもの口調で、大げさに嘆くみたいに言った。

「ああ、リディア！　きみと半日も離れていたなんて信じられないよ！」

「そう？」

「お腹の子に会う日も、もう今から待ち遠しくてたまらない！　いっそ月満ちて生まれてくるまで、ずっとこうして傍で待っていようかなっ？」

「まあアルフレードったら、そんなことを言って。王様なのだから、そんなわけにはいかないでしょう？」

「それはそうだけど、なんていうかこう、雑事が多くてね。長年王が不在だったせいか、あちこちで小さな揉め事がいくつも起こっているし」

アルフレードが言って、クスリと笑って続ける。

「まあでも、俺は王だからな。支えてくれる人たちもいるし。それは、きみもね？」

「わたし？」

「うん。きみがいてくれるから俺は強くなれるんだ。一人の男としても、王としても。心から愛しているよ、リディア」

「アルフレード……」

自分があまり王妃らしい王妃ではないと自覚しているだけに、そんなふうに言ってもらえると心が温かくなる。

ケーキを一切れ切り取って小皿にのせて、リディアは言った。

「わたしも、愛しているわ、アルフレード。こうしてあなたにケーキを焼けるのが、とても嬉しいわ」

「俺のほうこそ、ありがたい。いただくね」

アルフレードが言って、皿からケーキを取り上げ、ぱくりとかぶりつく。

満面の笑みを見せて、アルフレードが言う。

「うーん、やっぱりこれだよ！　リディアのケーキは最高だ！」

「ふふ、ありがとう」

「よし、決めた。俺がリディアのケーキを食べるのを邪魔した奴は、俺と一騎打ちだ」

「ええっ？」

「つまらん紛争やいさかいごとを起こして、俺とリディアの大切な時間を奪う奴もだな！　うん、明日にでもふれを出そう！」

「もう、アルフレードったら……！」

いたずらっぽい顔をしてそんなことを言うものだから、思わず笑ってしまう。

騎士になっても王様になっても、彼は何も変わらない。

そう思うと、なんだか微笑ましい気持ちになってくる。

（きっとこれからも、アルフレードは、アルフレードだわ）

国王と王妃として、いろいろな出来事に遭遇するのだろうが、きっと二人でなら乗り越えていける。愛する夫と、これから生まれてくる子供と、ずっと一緒にいられるなら、こんなに幸せなことはないだろう。

アルフレードと結婚して、本当によかった。

しみじみとそんな思いに浸りながら、リディアは愛する夫の笑顔を見つめていた。

あとがき

こんにちは、真宮藍璃です。

このたびは「幼なじみの騎士様の愛妻になりました」をお読みいただきまして、どうもありがとうございます！

おかげさまで、ハニー文庫様から二冊目のＴＬ文庫を出していただくことができました。一冊目に引き続き、今回もラブラブ新婚ものです！

と言っても、今回のヒーローは年下で、貴族ではなく騎士です。ただちょっと秘密があって……、という展開ですが、お話は基本的に甘々で、気軽に楽しんでいただける作品を目指しました。

いまだコロナ禍で落ち着かない状況ですが、本作が日々の慰めの一助になれば幸いでございます。

さて、この場を借りましてお礼を。

挿絵を描いてくださいました、すがはらりゅう先生。以前BL作品でご一緒させていただき、今回再びTL作品で挿絵をお願いできて、とても嬉しく思っております。朗らかで魅力的なヒーロー、そして可憐でかわいらしいヒロインを描いてくださって、本当にありがとうございました！

担当のS様。いつも鋭いご指摘をありがとうございます。コメディは狙って書くのは難しい、とのお言葉を胸に刻んで、また精進してまいります。

最後に今一度、読者の皆様。ここまでおつき合いいただきまして、ありがとうございます！　またどこかでお会いできますよう！

二〇二一（令和三）年　三月　真宮藍璃

真宮藍璃先生、すがはらりゅう先生へのお便り、
本作品に関するご意見、ご感想などは
〒101-8405
東京都千代田区神田三崎町2-18-11
二見書房　ハニー文庫
「幼なじみの騎士様の愛妻になりました」係まで。

本作品は書き下ろしです

Honey Novel

幼《おさな》なじみの騎士様《きしさま》の愛妻《あいさい》になりました

2021年５月10日　初版発行

【著者】真宮藍璃《まみやあいり》

【発行所】株式会社二見書房
東京都千代田区神田三崎町2-18-11
電話　03(3515)2311［営業］
　　　03(3515)2314［編集］
振替　00170-4-2639
【印刷】株式会社 堀内印刷所
【製本】株式会社 村上製本所

ISBN978-4-576-21049-0

https://honey.futami.co.jp/

甘くとろける蜜の恋☆濃蜜乙女レーベル
Honey Novel

ハニー文庫最新刊

訳あり令嬢の婚約破談計画

阿部はるか 著 イラスト=成瀬山吹

**三度の婚約破棄を経て倍も年上の辺境伯クラウスへ嫁ぐことになったフィオナ。
破談がお互いのためと心にもない言動を繰り返すが…!?**

甘くとろける蜜の恋☆濃蜜乙女レーベル
Honey Novel
Novel 木野美森
Illustration すがはらりゅう
Unplanned Marriage
予定外結婚
訳あり令嬢は王太子妃に選ばれて